Peggy Kommissarkaninchen

Von Michael Löblein

Buchbeschreibung: Peggy ist Kommissarin und ist auf der Jagd nach Bankräubern, leider wird sie vorzeitig von dem Fall abgezogen und muss sich mit allerlei anderen Verbrechen beschäftigen. Wird sie die Täter des Bank-überfalls überführen können?

Über den Autor: Michael Löblein lebt mit seinen beiden Katzen Emily und Merlin in Lauffen am Neckar.

Peggy
Kommissarkaninchen

Von Michael Löblein

Bibliografische Information der Deutschen Nationalbibliothek:

Die Deutsche Nationalbibliothek verzeichnet diese Publikation in der Deutschen

Nationalbibliografie; detaillierte bibliografische Daten sind im Internet über http://dnb.dnb.de abrufbar.

1. Auflage, 2019

Cover: Peggy © Silke Anders

Hintergrund: © Michael Löblein
Michael Löblein

Gradmannstr. 25

74348 Lauffen am Neckar

Herstellung und Verlag BoD Books on Demand, Norderstedt
ISBN: 9783746074092

Kapitel 1

Es war zehn nach zwölf und ich saß gerade in Hoppels Bar vor meinem ersten Drink. Hoppel war ein netter Kerl mit schwarzem Fell an Rücken und Seiten und weißem Fell am Bauch. Er redete nicht zu viel, was mir sehr recht war. Das Löwenzahnwasser war golden und stark. Ich nahm einen Schluck und stellte das Glas wieder vor mich auf den Tresen. Mein Funkgerät knisterte und schon ging es los. »Kommissarin Peggy, Kommissarin Peggy. Hier Zentrale, gerade wird die Möhrchenbank in der Löwenzahnstraße überfallen«, sagte Paula, ein weißer Widder. Ich stürzte den Rest meines Drinks herunter, warf Hoppel einen Fünf Löwenzahnmarkschein auf den Tresen und verließ die Bar. Ich sprang in meinen Wagen und schaltete die Sirene ein. Drei Minuten später stand ich vor der Bank, aber die Räuber waren bereits verschwunden. Larry, ein graues Kaninchen, war der Bankdirektor. Er lag auf dem Bauch und fluchte wie ein Rohrspatz, die Gangster hatten ihm eine Ladung Chili in die Augen geschossen.

»Wenn ich diese Kaninchen erwische, mache ich aus ihnen Hackfleisch«, schrie Larry.

»Hallo Larry. Was ist denn passiert?«, fragte ich und stellte mich zu ihm an den Schreibtisch, auf dem er bäuchlings lag.

»Vier Kaninchen, mit Masken, kamen hier rein, haben mit ihren Schießeisen herumgewedelt und mein Geld verlangt«, sagte Larry.

»Und dann?«, fragte ich.

»Ich habe ihnen gesagt, sie sollen verschwinden. Au«, sagte Larry.

»Und wie ging es weiter?«, fragte ich.

»Ich stürmte aus dem Kassenraum und packte mir einen der Kerle, dann schnappten mich zwei von ihnen und hielten mir ihre Wummen an den Kopf. Ich hielt das für einen Witz und trat nach ihnen, dann gab mir einer was mit seiner Kanone auf den Kopf. Meine Angestellten haben dann ohne zu Zögern den Tresor leergeräumt. Als ich wieder zu mir kam, sprang ich auf einen der Gangster zu, da bekam ich eine Ladung Chilipulver in die Augen. Au, tut das weh«, sagte Larry. »Das war ganz schön leichtsinnig«, sagte ich.

»Es geht hier um mein Geld«, schrie Larry.

»Hast du das Fluchtauto gesehen?«, fragte ich.

»Sie sind mit einem Rosengold davongefahren, es war grün«, sagte eine Angestellte.

»Das Kennzeichen haben Sie nicht zufällig gesehen?«, fragte ich. »Leider nein«, sagte das Kaninchen. »Aber sie fuhren Richtung Autobahn«, fügte Sie hinzu. Ich gab eine Beschreibung an die Zentrale durch und sah mich ein wenig in und dann vor der Bank um. Ich rief ein Spurensicherungsteam und ließ die Reifenabdrücke fotografieren. Dann setzte ich mich in meinen Wagen und fuhr Richtung Autobahn. Ich wusste, dass meine Chancen nicht gerade rosig waren, die Täter noch zu erwischen, aber manchmal hatte man ja Glück. Ich trat das Gaspedal durch und schaltete die Sirene ein. Als ich endlich auf der Autobahn war, geriet ich in einen Stau. Natürlich kam niemand auf die Idee mich vorbei zu lassen. Und so fuhr ich bis spät in die Nacht hinein auf der Autobahn, fuhr bei jeder Ausfahrt runter und sah mich um. Um drei Uhr nachts kam ich Zuhause an und fiel erschöpft ins Bett.

Kapitel 2

Am nächsten Morgen fuhr ich direkt zum Revier. In meiner Schreibtischschublade fand ich noch ein paar Möhren und frühstückte. Mein Telefon klingelte. »Peggy, kannst du mal in mein Büro kommen?«, fragte Sophia meine Chefin.

»Bin gleich da«, sagte ich und legte auf. Ich nahm mir einen Lolli und betrat das Büro.

»Nimm Platz«, sagte Sophia. »Was haben wir?«, fragte sie. Ich berichtete, was ich am Tag vorher erfahren hatte und dass ich die Räuber nicht mehr gefunden hatte. »Die Chancen, sie nach dem Überfall noch zu finden, waren ohnehin nicht mehr hoch. Immerhin hatten sie dreißig Minuten Vorsprung«, sagte Sophia.

»Warum haben sie uns erst so spät alarmiert?«, fragte ich.

»Sie waren wohl zu durcheinander, und riefen erst mal einen Arzt für ihren Chef«, sagte Sophia.

»Zu schade«, sagte ich.

»Hat die Fahndung schon etwas ergeben?«, fragte Sophia. »Ich kam noch nicht dazu, mich zu erkundigen«, sagte ich. »Willst du einen Drink?«, fragte Sophia.

»Da sage ich nicht nein«, antwortete ich. Sophia öffnete ihre Schreibtischschublade und holte ein Löwenzahnwasser heraus. Ich nahm zwei Gläser, aus dem Waschbecken, welches sich links neben der Tür befand und stellte sie vor meine Chefin auf den Tisch. Sie schenkte großzügig ein. Das Wasser weckte meine Lebensgeister. »Ich fürchte, ohne den Fluchtwagen können wir vorerst wenig machen«, sagte Sophia. »Da muss ich leider zustimmen Chefin«, sagte ich und nahm noch einen Schluck, dann schleckte ich wieder an meinem Lolli. »Na gut, dann mach dich mal schlau Peggy und gib mir Bescheid, wenn es etwas Neues gibt«, sagte Sophia. Ich stellte das Glas in das Waschbecken und verließ das Büro.

Mein Weg führte mich zum Empfang. »Gibt es Ergebnisse der Fahndung?«, fragte ich.

»Eben ist etwas reingekommen. In einem Waldstück wurde ein verlassener grüner Rosengold gefunden. Die Spurensicherung ist auf dem Weg«, sagte Anne.

»Sehr gut, wir kommen voran«, sagte ich und ging zurück zu meinem Schreibtisch. Ich setzte mich und sah mir die Videoaufzeichnungen des Banküberfalls an. Das waren keine blutigen Anfänger gewesen. Sie wussten, was sie taten. Sie hätten aber nicht auf den Bankdirektor schießen brauchen, das war unnötig. ›Es hat ihnen Spaß gemacht, den Bankdirektor zu verletzen‹, überlegte ich. ›Dadurch haben sie sich noch mächtiger gefühlt, sicher ist der Anführer ein Egomane mit sadistischen Neigungen‹, dachte ich. Ich sah mir das Videomaterial erneut an. Ich blickte auf den Monitor. Die Tür der Bank ging auf. Blitzschnell verteilten sich die Vier im Vorraum und wedelten mit ihren Knarren herum. Alles halbautomatische Pistolen. Larry kam aus dem abgesperrten Bereich und redete auf die Gangster ein. Dann schlich sich einer von hinten an ihn heran und hielt ihm die Wumme an den Kopf. Die Kassierer gingen zum Tresor und schaufelten das Geld in Säcke, dann übergaben sie es den Gangstern. Larry wurde losgelassen, sie ordneten sich zum Rückzug. Larry drehte sich zu seinen Leuten um, um sie anzuschreien, und da bekam er eine Ladung Chili ins Gesicht. Und einen Schlag auf den Kopf. Dann verließen sie die Bank, so als hätten sie alle Zeit der Welt. ›Wie konnten Sie sich so

sicher sein, dass niemand den Alarm aus-
gelöst hatte?‹, überlegte ich. ›Das war
definitiv nicht ihr erster Überfall, darauf
verwette ich ein Pfund Kraftfutter‹, dachte
ich. Ich griff in meine Schublade und holte
einen Bund Möhren hervor. Dann begann ich
daran zu knabbern. Nach drei Rüben legte ich
den Rest zurück in die Schublade und nahm
mir einen Lolli. Nach vier Lollies hielt ich
es nicht mehr auf meinem Stuhl aus. Ich
fragte Anne, wo genau der Wagen gefunden
worden war und machte mich auf den Weg. Im
Auto steckte ich mir einen neuen Lollie in
den Mund und nippte an meinem Flachmann, der
mit bestem Löwenzahnwasser gefüllt war.

Nach vierzig Minuten kam ich an meinem
Ziel an. Ich begrüßte die Kolleginnen und
Kollegen von der Spurensicherung. »Was habt
ihr für mich?«, fragte ich. Rebekka, eine
braune Widderdame sagte: »Sie haben ihre
Fingerabdrücke abgewischt, der Wagen ist
geklaut, sie haben kein Geld zurückgelassen.
Sie hatten hier einen weiteren Fluchtwagen
stehen und sind dann mit dem weiter.«

»Also habt ihr nichts«, sagte ich.

»So könnte man es ausdrücken«, sagte
Rebekka.

»Wie habt ihr den Wagen so schnell gefunden?«, fragte ich. »Wir haben die Verkehrsüberwachungskameras ausgewertet«, sagte Rebekka.

»Und hier in der Nähe sind wohl keine«, sagte ich resigniert.

»Exakt.«

»Na super«, sagte ich und steckte mir einen Lolli in den Mund. »Die Dinger werden deinen Zahnarzt nicht erfreuen«, sagte Rebekka. »Die oder die Steuern«, sagte ich.

»Wie wäre es mit ein paar Löwenzahnblättern? Ganz frisch aus meinem Garten«, fragte Rebekka.

»Ich hatte schon was Flüssiges auf dem Weg hierher«, sagte ich. Rebekka zuckte mit den Schultern und wandte sich wieder ihrer Arbeit zu. Ich streifte ein wenig umher, aber ich konnte hier nichts mehr ausrichten. Die Spurensicherung machte Abdrücke von Reifenspuren. »Ich denke, ich werde dann mal zurückfahren«, sagte ich, tippte mir an den linken Löffel und ging zu meinem Auto. Frustriert fuhr ich zurück auf´s Revier, machte aber noch bei einem Supermarkt halt und kaufte mir eine Flasche Löwenzahnwasser. Nachdem ich meinen Flachmann gefüllt hatte,

stellte ich die Flasche auf den Beifahrer-
sitz und drückte aufs Gas. Im Revier for-
derte ich die Überwachungsbänder der Ver-
kehrswacht an und sah mir an, wie die Bande
zu der Stelle fuhr, an der sie den Fluchtwagen getauscht hatte. Danach waren sie verschwunden und leider konnte ich ihre Gesich-
ter nicht erkennen. ›Und jetzt?‹, fragte ich
mich. Ich begab mich in die Senkrechte und
verließ das Büro. Zeit, ein paar alte Kon-
takte wiederzubeleben. »Hallo Henry«, sagte
ich zu einem braunen Kaninchen in einer
Nebengasse. »Hey, ich will keinen Ärger«,
rief er und wollte sich aus dem Staub
machen. Mit zwei Hopsern war ich neben ihm
und legte ihm meine Pfoten auf den Bauch.
»Ich brauche nur eine Auskunft«, sagte ich
und begann ihn zu kitzeln. »Ich ha hab
nichts gemacht«, stotterte Henry.

»Das hat auch niemand behauptet«, sagte
ich. »Was weißt du über den Banküberfall
heute Mittag?«, fragte ich und kitzelte noch
etwas stärker. »Nichts«, sagte Henry.

»Ach, komm schon. Erzähl mir keinen
Stuss«, sagte ich und kitzelte ihn an den
Ohren. »Hey, das ist Polizeigewalt, das muss
ich mir nicht gefallen lassen«, sagte Larry.

»Du kannst dich ja bei Sophia beschweren«, sagte ich und grinste. »Die ist doch genauso brutal wie ihr alle«, sagte Larry.

»Wir sorgen nur für Recht und Ordnung. Also fang an zu singen«, sagte ich und kitzelte seine Füße.

»Scheibenkleister, ich weiß nichts«, zischte Larry.

»Ich kann dich auch mit aufs Revier nehmen«, sagte ich. »Und dann bearbeitest du mich wieder mit einer Feder. Nein, danke, ich verzichte«, sagte er.

»Also. Liebe Peggy, ich habe gehört, dass....«, begann ich den Satz. »Ich weiß nichts«, sagte Larry.

»Du machst es mir unnötig schwer«, sagte ich, knuffte ihn in die Seite und kitzelte seinen Bauch. »Also, was hast du gesagt?«, fragte ich.

»Ok, vielleicht habe ich doch etwas gehört. Eine Gruppe von so ´ner Insel braucht Geld, um sich eine kleine Privatarmee anzuschaffen«, sagte Larry. »Und wo wohnen die?«, fragte ich. »Bin ich Moses? Woher soll ich das wissen?«, fragte Larry. »Ok, komm mit, vielleicht fällt es dir auf dem Revier wieder ein«, sagte ich und schubste ihn Richtung Ausgang der Gasse.

»Hör zu, ich weiß es wirklich nicht, aber ich kann mich ja mal umhören für dich«, schlug Larry vor.

»Schön, darum wollte ich dich gerade bitten«, sagte ich. Ich kramte in meinen Taschen und gab Larry eine Löwenzahnmark. »Ruf mich an«, sagte ich, dann schlenderte ich zu meinem Auto zurück.

Als ich hinter dem Steuer saß, nahm ich einen kräftigen Schluck aus der Löwenzahnwasserflasche und steckte mir einen Lolli in den Mund. Jetzt konnte ich nur noch abwarten und hoffen, dass Larry etwas in Erfahrung brachte.

Um meinem Glück etwas auf die Sprünge zu helfen, schaute ich noch bei meinen anderen Informanten vorbei, aber auch die gaben an nichts Genaueres zu wissen.

Zurück an meinem Schreibtisch steckte ich mir einen weiteren Lolli in den Mund.

Nach einer Stunde fuhr ich in meine Wohnung. Die Tapete mit Möhrenmuster war bereits gelb verfärbt. Ich nahm das Löwenzahnwasser mit nach oben und schenkte mir einen großzügigen Schluck ein.

Der Tag war vorbei und ich war in meinem Fall kein bisschen weiter. Ich setzte mich im Wohnzimmer auf mein graues Sofa und schaltete den Fernseher ein. Es lief Hasenstadt Cops. Keine schlechte Serie. Heute verfolgten sie einen Kunstfälscher. Ich ging in die Küche und schenkte mir nach. Dann lief ich zu meinem Kühlschrank und holte mir einen saftigen grünen Kopfsalat heraus. Ich legte ihn auf einen Teller und halbierte ihn mit einem Messer, dann legte ich eine Hälfte zurück in den Kühlschrank und trug die andere ins Wohnzimmer. Ich machte es mir auf meinem Sofa bequem und begann zu essen. Der Salat war schön saftig, sicher hatte er viele Sonnentage. In den Nachrichten wurde von dem Banküberfall berichtet. Der Nachrichtensprecher sagte, dass es bisher keine heiße Spur gab. ›Super, dann lacht wieder alle Welt über uns‹, dachte ich grummelig. Es gab noch ein Interview mit Larry, dem Bankdirektor. Mit rot geweinten Augen sah er in die Kamera und sagte, dass er es noch immer kaum glauben könne, dass ausgerechnet seine Bank Opfer eines Überfalls geworden war und er selbst Opfer der Verbrecher. Irgendwie konnte ich es ihm kaum verdenken.

Bisher war unser Städtchen Rexheim nicht oft in den Nachrichten wenn es um Verbrechen ging. Und so würde es auch wieder in Zukunft sein, wenn ich die Bande erst mal hinter Gittern hatte.

Mein Handy klingelte. »Peggy hier, wer ist da?«, fragte ich. »Hallo Peggy, hier ist Bobby. Ich habe vielleicht was aufgeschnappt«, sagte Bobby.

»Und was?«, fragte ich.

»Vier Leutchen sind mit einem Boot auf dem Katzensee gefahren«, sagte Bobby.

»Und das waren unsere Bankräuber?«, fragte ich.

»Das kann ich nicht mit Bestimmtheit sagen«, sagte Bobby. »Aber du vermutest es?«, fragte ich.

»Ja«, antwortete Bobby.

»Danke für deinen Anruf, ich werde mich morgen mal am Katzensee umsehen«, sagte ich und legte auf.

Kapitel 3

»Sophia, ich brauche ein Boot«, sagte ich im Büro meiner Chefin. »Und ich brauche Ferien in der Südsee«, antwortete sie. »Ich habe einen Tipp bekommen, dass die Bankräuber auf dem Katzensee unterwegs waren«, sagte ich.

»Wie zuverlässig ist dieser Tipp?«, fragte Sofia.

»Ziemlich zuverlässig«, sagte ich.

»Was wird mich das Ganze kosten?«, fragte Sofia.

»Nicht mehr als fünfhundert Löwenzahnmark«, sagte ich. »Ich hatte ja eher mit fünfzig gerechnet, aber lass mich mal kurz nachdenken .... abgelehnt«, sagte Sofia.

»Aber das könnte eine heiße Spur sein«, protestierte ich. »Könnte es. Es könnte aber auch ein Reinfall sein und ich wäre fünfhundert Löwenzahnmark los«, sagte Sofia. Sie nahm sich einen Lolli. »Ist sonst noch was?«, fragte sie.

»Nein, das war schon alles«, sagte ich und verließ das Büro. Ich war mir sicher, dass es eine heiße Spur war, deshalb schnappte ich mir mein Auto und fuhr zum See. Nachdem ich geparkt hatte, sah ich mir den Katzensee an. Er war riesig. Ich überlegte, ob ich ihn mit dem Wagen umrunden sollte. Da tauchte vor mir ein weißes Kaninchen auf und machte sein Boot startklar. Ich sprang aus dem Wagen und rannte zu ihm. Ich zog meine Marke und sagte: »Kommissarin Peggy, Polizei, können Sie mich mitnehmen?«

»Nun, also«, stammelte er.

»Es wäre wirklich sehr nett von Ihnen«, sagte ich und lächelte. »Na gut, steigen Sie ein«, sagte er. Mit einem Satz sprang ich in das Boot, es schaukelte gefährlich, beruhigte sich aber wieder. Wir legten ab. Ich sah auf den See und suchte nach möglichen Verstecken. »Was suchen Sie denn auf dem Katzensee?«, fragte er.

»Haben Sie gestern die Abendnachrichten gesehen?«, fragte ich. »Geht es um den Bankraub?«, fragte er ganz aufgeregt. Ich tippte auf meine Nase. »Ich bin übrigens Wolf«, sagte er. »Sehr erfreut Wolf«, sagte ich.

»Ein außergewöhnlicher Name.«

»Ja, meine Eltern hatten Sinn für Humor, meine Schwester heißt Cat«, sagte Wolf.

»Wirklich außergewöhnliche Namen«, sagte ich und grinste. »Wolf, kennen Sie sich hier aus?«, fragte ich.

»Ein wenig, ich fahre meist nicht sehr weit raus, ich bin kein guter Schwimmer«, sagte Wolf.

»Sie waren nicht zufällig gestern auch hier?«, fragte ich hoffnungsvoll. »Leider nicht, ich musste einem Freund helfen, sein Haus zu streichen«, sagte Wolf.

»Wie schade«, sagte ich. Nach einer Weile kam eine Insel in Sicht. »Wolf, können wir da anlegen?«, fragte ich.

»Haben Sie einen Dursuchungsbefehl oder so?«, fragte Wolf. »Das nicht, ich wollte mir nur kurz die Beine vertreten«, sagte ich schnell. »Und ich muss mal für kleine Hoppler«, fügte ich hinzu.

»Dann ist das ja eine Art Notfall. Ich denke, dann geht das sicher in Ordnung«, sagte Wolf und steuerte das Ufer an. Ich sprang auf den von Mulch bedeckten Boden und sah mich geduckt um. Wolf blieb in seinem Boot zurück. Ich stand in einem Wäldchen. Schnell hastete ich von Baum zu Baum und sah mich um. Nach einer halben Stunde kamen ein paar Gebäude in Sicht. Hasen arbeiteten in einem Möhrenbeet. Ich sah auch ein Beet mit Chilipflanzen. ›Das passt ja schon mal‹, dachte ich. Vorsichtig zog ich mich zurück.

»Meine Güte Peggy, Sie waren ja ewig weg«, sagte Wolf.

»Tut mir leid, ich habe mich verlaufen«, log ich. Ich stieg wieder in das Boot und wir fuhren zurück ans Ufer. Ich bedankte mich bei Wolf und verabschiedete mich. Als ich in meinem Wagen saß, rief ich Sofia über Funk. Sie war überhaupt nicht glücklich darüber, dass ich im Alleingang den See erkundet hatte und beorderte mich sofort zurück aufs Revier.

Ich wollte mich gerade an meinen Schreibtisch setzen, als Sofia herangestürmt kam. »Peggy, in mein Büro! Sofort!«, schrie sie und ging voraus. Langsam folgte ich ihr. »Was hast du dir dabei gedacht? Ich habe die Ausgaben für ein Boot nicht genehmigt«, sagte Sofia.

»Es hat nichts gekostet, Wolf hat mich...«, sagte ich.

»Wenn ich nein sage, heißt das auch nein«, sagte Sofia. »Aber ich habe vielleicht...«, setzte ich an.

»Vielleicht, vielleicht. Du hast dich ganz sicher meinen Befehlen widersetzt. Drei Wochen Innendienst«, sagte Sofia. »Was? Aber Chefin...«, sagte ich.

»Soll ich drei Monate daraus machen?«, fragte Sofia. »Ähm, nein, danke.«

»Also, was machst du dann noch hier, geh an deinen Schreibtisch und fang an, die Strafzettel zu sortieren«, sagte Sofia. Geknickt verließ ich das Büro, ging zum Empfang und holte mir drei volle Ordner mit Strafzetteln bei Anne ab. Ich ließ die Ordner auf meinen Schreibtisch krachen und setzte mich. ›So finde ich die Bankräuber nie‹, dachte ich. Ich öffnete den ersten Ordner und begann die darin enthaltenen Strafzettel herauszunehmen, dann legte ich sie auf einen Stapel und sortierte sie nach Datum. Nach zwei Stunden hatte ich alle Strafzettel in der richtigen Reihenfolge auf dem Tisch liegen und begann damit, sie wieder in den ersten Ordner abzuheften. ›Ich sollte auf dieser Insel beim Katzensee sein und mich da mal genauer umsehen‹, dachte ich. Ich griff in meine Schublade und holte eine Karotte heraus, dann verputzte ich sie, als hätte ich seit Wochen nichts mehr gegessen. Wut stieg in mir auf. Wie konnte Sofia nur so ungerecht sein? Ich steckte mir einen Lolli in den Mund und nahm mir den zweiten Ordner vor. Als ich damit fertig war, packte ich zusammen und fuhr in meine Wohnung. In meiner Küche genehmigte ich mir einen ordentlichen Schluck und sah eine alte Polizeiserie an. Da ließ sich niemand von Regeln oder Vorgesetzten davon abhalten, das zu tun, was sie für richtig hielten. Aber wenn ich das auch tun würde, säße ich eine Sekunde später auf der Straße. Ich könnte dann noch immer Detektivin im Kaufhaus werden, Nachtwächterin oder mich als richtige Detektivin selbständig machen. Aber sicher bekam ich nicht genug Aufträge um davon leben zu können. Das Leben war einfach nicht gerecht. Ich war mir so sicher, dass die Bankräuber da auf der Insel saßen. Wie konnte ich Sofia überreden, mich dort nachsehen zu lassen? Vielleicht sogar undercover. Und wenn ich jemanden vom Revier nachsehen lassen würde? Nur ganz unverbindlich, zum Beispiel, weil ich Sorge hatte, es könnte einen Waldbrand geben? Aber die würden sofort zu der Siedlung hoppeln und fragen, was die da machen und würden sich mit der nächstbesten Ausrede einlullen lassen. Nein, ich musste selber nachsehen. Am Samstag hatte ich frei, zumindest noch. Aber wenn Sofia davon Wind bekam hieß es bye

bye Job. Ich könnte ja hinfahren und schauen, ob ich saftige Möhren kaufen könnte. Ein Kaninchen muss immerhin essen. Aber Sofia würde sicher fragen, warum ich nicht in den nächsten Supermarkt gefahren bin, was eine ziemlich gute Frage wäre. Mir musste doch ein Trick einfallen, mit dem ich durchkam.

Mein Glas war leer. Ich ging in die Küche und schenkte mir nach. Als ich wieder im Wohnzimmer saß, kam mir eine Idee. Ich könnte wegen eines nicht bezahlten Strafzettels ermitteln. Aber dazu bräuchte ich a) einen Strafzettel und b) ein passendes Nummernschild auf der Insel. Ich musste mich auf der Insel umsehen, da half alles nichts.

Ich verließ die Wohnung und fuhr zum Katzensee. Es war niemand mehr auf dem See unterwegs, also lieh ich mir ein Boot aus. Mit einem Fernglas und einem Notizblock bewaffnet schlich ich wenig später durch den Wald. Zu meinem Glück standen ein Jeep der Marke Morgentau und ein Auto der Marke Rosengold herum. Der Jeep hatte die Nummer HAS 99978 und das Rosengoldauto HAS 10000988. Ich notierte beide Nummern und machte mich aus dem Staub. Das Boot vertäute

ich sicher am Steg und fuhr zurück in meine
Wohnung.

Kapitel 4

Am nächsten Morgen an meinem Schreibtisch kam mir die Idee nicht mehr so gut vor. Ich sortierte weiter Strafzettel und zermarterte mir das Hirn, wie ich zu einem Durchsuchungsbefehl für die Insel kommen könnte. Ich brauchte eine Undercoverermittlung. Ich hatte doch noch fünfundvierzig Tage Urlaub. Ich steckte mir einen Lolli in den Mund.

Nach der Arbeit rief ich meine Freundin Karen an und verabredete mich mit ihr zu einem Drink bei Hoppel.

»Hallo Peggy«, sagte Karen und umarmte mich. »Setzen wir uns an einen Tisch?«, fragte ich.

»Ja, ich kann nicht mehr stehen«, sagte Karen. Wir gingen zu einem braunen Tisch und setzten uns auf grüne Polster, die auf braunen Stühlen lagen. Hoppel kam vorbei und wir gaben unsere Bestellung auf. Wenig später kam er mit zwei Kopfsalaten und zwei Gläsern Endivienwasser zurück, stellte alles auf den Tisch und ging wieder. »Wie war Dein Tag?«, fragte ich Karen. »Oh, mir tun die Pfoten weh. Ich bin heute vom Rathaus zur neuen Umgehungsstraße gesaust, habe den Bürgermeister interviewt, nachdem er das Band durchgeschnitten hatte, dann bin ich in den Supermarkt und habe mir den neuen Löwenzahn- salat geholt um ihn für meine Kolumne über die neuesten Ernährungstrends zu testen, dann musste ich zur Feuerwehr, die ein Fest veranstalteten, um Geld für einen neuen Schlauch zu sammeln, und dann war ich noch in der Bank um nach Neuigkeiten wegen des Überfalls zu fragen, leider Fehlanzeige«, sprudelte es aus Karen heraus.

»Wow«, sagte ich.

»Ach, der ganz normale Wahnsinn«, sagte Karen und winkte ab. »Ich habe nur Straf- zettel sortiert«, sagte ich. Und dann berichtete ich Karen von meinem Innendienst. »Du Arme«, sagte Karen und drückte mir auf- munternd die Pfote. »Das geht vorbei. Aber ich habe da vielleicht eine heiße Spur wegen dem Bankraub«, sagte ich.

»Ehrlich? Warte, ich hole kurz mein Notizbuch aus der Tasche«, sagte Karen. Ich erzählte ihr, was ich vermutete. »Meinst du, du könntest dich da mal umsehen?«, fragte ich Karen. »Ich weiß nicht, wenn es wirklich die Bankräuber sind und ich erwischt werde«, wandte Karen ein.

»Du hast Recht. Es war eine blöde Idee.

Ich lasse mir was anderes Einfallen«, sagte ich. Wir unterhielten uns noch über dies und das und hatten einen schönen Abend.

Kapitel 5

Am nächsten Tag sortierte ich wieder Strafzettel ein. Dann brachte ich die Kaffeeküche auf Vordermann und kopierte Vernehmungsprotokolle. Es war todlangweilig. So schlichen die Tage vor sich hin und ich dachte schon, dass ich nie wieder in den Außendienst versetzt werden würde. Doch dann begann eine Einbruchserie und ausgerechnet dem Bürgermeister wurde seine Bürgermeisterkette gestohlen und da war der Innendienst für mich Geschichte. Das ganze Revier wurde auf die Diebstahlserie angesetzt.

»Hallo Bunnic, ich bin Penny von der Polizei und wollte mich erkundigen, ob dir heiße Ware angeboten worden ist. Zum Beispiel diese Kette hier«, sagte ich und hielt ein Bild der Bürgermeisterkette vor Bunnic´s Nase. »Hübsche Kette, aber die wurde mir nicht angeboten. Ich habe aber eine schöne Taschenuhr gekauft«, sagte Bunnic. Er zeigte mir das gute Stück und ich zog meine Liste mit gestohlenen Gegenständen heraus. Die Uhr war aus Gold und hatte einen Bund Möhren auf dem Deckel. Genau wie es in meiner Beschreibung stand. »Steht innen zufällig: Für Rascal zum Schulabschluss 2017?«, fragte ich. »Genau«, sagte Bunnic und klappte die Uhr auf.

»Tut mir leid, ich muss die Uhr beschlagnahmen«, sagte ich und steckte sie in einen Beweismittelbeutel. »Wie sah denn der Verkäufer aus?«, fragte ich.

»Es war ein brauner Hase mit großen Löffeln und ein paar kahlen Stellen im Fell.« »Einen Namen hast du nicht zufällig?«, fragte ich.

»Warte mal, er nannte sich, hm, Indigo, ja genau Indigo«, sagte Bunnic.

»Hast du eine Adresse für mich?«, fragte ich. Bunnic kramte in seinen Unterlagen. »Hier. Weizenstraße 20«, sagte Bunnic.

»Danke für Deine Hilfe«, sagte ich und verließ den Laden. Eine Stunde später saß ich Indigo in einem der Vernehmungsräume gegenüber. »Also Indigo, es war sehr nett, dass du deine richtige Anschrift beim Pfandleiher angegeben hast. Gib es zu, du hast diese Uhr geklaut«, sagte ich und legte die Uhr auf den Tisch. »Die habe ich noch nie gesehen«, sagte Indigo. »Ich habe aber eine Zeugenaussage von Bunnic dem Pfandleiher, dem du die hier verkauft hast«, sagte ich. »So ein Mist«, fluchte Indigo.

»Das kannst du laut sagen«, sagte ich.

»Ich habe die Uhr gefunden«, sagte Indigo und begann damit, seine Löffel zu kneten. »Und warum hast du sie dann nicht ins Fundbüro gebracht?«, hakte ich nach.

»Ich wollte mir eben gleich eine Belohnung abholen«, sagte Indigo und grinste dümmlich. »Na klar, das hätte jeder andere auch so gemacht«, sagte ich.

»Na also. Kann ich dann gehen?«, fragte Indigo.

»Das war ironisch gemeint, du Meisterverbrecher«, sagte ich. »Jetzt mal raus mit der Wahrheit. Du hast die Uhr geklaut, stimmts?«, fragte ich.

»Nicht geklaut. Sie lag in Helens Gemüseladen auf dem Boden«, sagte Indigo.

»Und das soll ich dir jetzt abnehmen nach all den Lügen, die du mir schon aufgetischt hast?«, fragte ich.

»So war es wirklich?«, sagte Indigo.

»War das jetzt eine Frage?«, fragte ich.

»Ich glaube nicht, oder?«, fragte Indigo.

»Gib einfach zu, dass du die Uhr geklaut hast, dann kann ich einen Termin im Gericht vereinbaren und vielleicht kommst du mit

einer milden Strafe davon«, sagte ich.
»Strafe? Wieso Strafe?«, fragte Indigo.

»Für Diebstahl wird man bestraft«, sagte ich und deutete auf die Uhr. »Aber ich habe sie doch nur gefunden. In der Hosentasche von diesem Junghasen«, sagte Indigo und hielt sich den Mund zu. »Na also, das wollte ich hören. Jetzt schreibst du das schön hier auf die Blätter und unterschreibst alles«, sagte ich. Indigo ließ die Löffel hängen und begann, zu schreiben.

Nachdem ich Indigo in eine Zelle gebracht hatte, legte ich Sofia das Geständnis auf den Tisch. »Der Fall mit der geklauten Taschenuhr ist gelöst«, sagte ich.

»Gut gemacht Peggy«, sagte Sofia. Ich verließ ihr Büro und setzte mich wieder an meinen Schreibtisch. ›Wenn ich jetzt die Bürgermeisterkette finden würde, könnte ich vielleicht wieder an dem Banküberfall arbeiten‹, dachte ich. Aber leider fehlte von der Bürgermeisterkette jede Spur. Ich nahm mir einen Lolli und überlegte. ›Vielleicht wurde die Kette in einer anderen Stadt verkauft, damit niemand Fragen stellt‹, überlegte ich. Ich sah in meinem E-Mail-Verzeichnis nach und schrieb die Kollegen in Pusteblumenhausen an. Ich erkundigte mich, ob bei Ihnen in einem Pfandleihhaus die Bürgermeister-kette aufgetaucht war und fügte das Foto an, dass wir vom Bürgermeisteramt bekommen hatten.

Mein Telefon klingelte. »Peggy hier«, meldete ich mich. »Peggy, wir brauchen die Polizei, wir haben einen Ladendieb geschnappt. Er wollte die neuste CD von Bunny und die Fantastics stehlen«, sagte Igor, der Kaufhausdetektiv von Flowerhouse. »Ich bin sofort da«, sagte ich und verließ das Revier. Ein jugendlicher saß zusammen-gesunken auf einem Stuhl. »Er heißt Floppy«, sagte Igor.

»Floppy, ich bin Peggy von der Polizei. Hast Du die CD von Bunny und die Fantastics gestohlen?«, fragte ich.

»Ja, es tut mir leid. Aber alle meine Freunde haben das Album und mein Taschengeld hat nicht gereicht«, sagte Floppy und brach in Tränen aus. »Gut, du kommst jetzt mit aufs Revier und dann rufen wir deine Eltern an«, sagte ich.

»Was, meine Eltern? Die werfen mich in hohem Bogen auf die Straße«, sagte Floppy.

»So schlimm wird es schon nicht werden,

aber die Richterin wird dir sicher ein paar
Sozialstunden aufbrummen«, sagte ich. Langsam stand Floppy auf und folgte mir zu
meinem Wagen. Auf dem Revier nahm ich seine
Aussage auf und rief seine Eltern an. Sie
waren zwar geschockt, aber versprachen,
Floppy nicht raus zuwerfen.

Maxi aus Pusteblumenhausen schrieb, dass
die Kette bisher nicht aufgetaucht war, sie
sich aber umhören würden.

In meiner Mittagspause ging ich kurz neue
Karotten kaufen. Ich rollte mit dem Ein-
kaufswagen durch die Gänge und sah mir auch
den Kopfsalat an, er duftete köstlich, also
nahm ich einen davon mit. An der Kasse
kaufte ich noch Lollis. Als ich wieder an
meinem Tisch saß, klingelte das Telefon.
»Hier Eulenbank, wir wurden gerade überfallen«, sagte eine aufgeregte Stimme. Ich
notierte mir die Adresse, sagte Sofia
Bescheid und sauste los. »Danke, dass Sie so
schnell gekommen sind«, sagte ein grauer
Hase. »Wie viel wurde gestohlen?«, erkundigte ich mich.

»520.000 Löwenzahnmark«, sagte der Bankdirektor.

»Wie ist denn der Überfall abgelaufen?«,

fragte ich. »Vier Leute kamen rein, zogen
ihre Waffen und sagten, dass keinem was passiert, wenn wir ihnen das Geld geben. Wir
haben kooperiert. Dann sind sie wieder verschwunden«, sagte der Bankdirektor.

»Welchen Wagen fuhren sie?«, fragte ich.

»Tut mir leid, wir haben uns nicht
getraut, nach draußen zu gehen«, sagte er.
Ich bedankte mich und ging zurück zum
Revier. Dort berichtete ich Sofia, das
Wenige, was ich erfahren hatte. »Und du
glaubst, es könnten dieselben Täter gewesen
sein?«, fragte Sofia.

»Mein Bauchgefühl sagt, es waren die
Gleichen«, sagte ich. »Und wir sind keinen
Schritt weiter«, sagte Sofia und schlug ihre
Faust auf den Schreibtisch. Ich zuckte
zusammen. »So was dulde ich nicht in meiner
Stadt«, sagte Sofia und sprang auf. »Wir
müssen die Bande zur Strecke bringen, und
zwar schneller als möglich«, sagte Sofia.

»Leider haben wir keine Spuren. Wenn ich
mich doch mal auf der Insel umsehen würde?«,
fragte ich.

»Wir haben keine Beweise, dass die Täter
auf der Insel im Katzensee sind«, sagte
Sofia.

»Ich könnte ja undercover...«, setzte ich an.

»Nein! Die Stadt verwandelt sich in einen Sumpf des Verbrechens, da brauche ich alle meine Leute hier in der Stadt. Ich kann es mir nicht leisten eine wochenlange Undercoveraktion laufen zu lassen«, sagte Sofia.

»Aber ich habe es wirklich im Gefühl, dass die Leute auf der Insel und unsere Täter zusammenhängen«, versuchte ich es. »Ich kann mich nicht auf Gefühle verlassen, ich brauche Beweise«, sagte Sofia.

»Die kann ich aber nur beschaffen, wenn ich mich mal auf der Insel umsehen darf«, beharrte ich.

»Nein. Wir warten die Auswertung der Spurensicherung und der Überwachungskameras ab, dann sehen wir weiter«, sagte Sofia. »Alles klar Chefin«, sagte ich und verließ das Büro. ›Warum ist Sofia nur so engstirnig?‹, fragte ich mich.

Mein Telefon klingelte, es gab eine Schlägerei bei Hoppel in der Bar. Wir brauchten zehn Polizisten und zwei Stunden, bis wir die Streithähne getrennt und in die Ausnüchterungszellen verfrachtet hatten. Es waren einige Tische, Stühle und Flaschen zu

Bruch gegangen.

Nach meiner Schicht ging ich zu Hoppel und half ihm beim Aufräumen. »Zum Glück passiert das äußerst selten, sonst könnte ich meine Bar schließen«, sagte Hoppel.

»Es ist ja einiges kaputt gegangen«, pflichtete ich ihm bei. »Immerhin sind meine Angestellten mit heiler Haut aus der Sache gekommen«, sagte Hoppel.

»Ja, da hattet ihr alle wirklich großes Glück«, sagte ich. »Ich verstehe nicht, was in letzter Zeit in der Stadt los ist, alle scheinen durchzudrehen«, sagte ich.

»Es ist Vollmond, vielleicht liegt es daran«, schlug Hoppel vor. »Vielleicht«, sagte ich. Wir räumten weiter auf. Nach drei Stunden sah der Laden wieder ganz passabel aus. Hoppel gab mir einen Drink aus und nachdem ich das Glas geleert hatte, verabschiedete ich mich und fuhr nach Hause.

In meiner Küche legte ich den Salat in den Kühlschrank, öffnete das Löwenzahnwasser und schenkte mir ein Glas randvoll ein. Dann nahm ich einen kräftigen Schluck und trug das Glas in mein Wohnzimmer. Ich schaltete den Fernseher an und konnte mich in den Nachrichten bewundern, wie ich mit den anderen die Raufbolde abführte. »Heute kam es in Hoppel´s Bar zu einer Massenschlägerei, die einen massiven Polizeieinsatz notwendig machte«, sagte die Reporterin. Ich zappte weiter. Es lief eine alte Folge von Hasen im Weltall. Ich nahm einen Schluck und sah mir die Folge an. Die Crew war in den Einzugsbereich eines schwarzen Lochs geraten und kämpfte mit allen Mitteln, die sie zur Verfügung hatten, um wieder in den freien Weltraum zu gelangen. Natürlich schafften sie es kurz vor Schluss. Ich leerte mein Glas. Dann schaltete ich auf den DVD-Player um und startete meine Fitness DVD. Ich hatte mich in letzter Zeit etwas gehen lassen und so war ich ziemlich schnell außer Puste, kämpfte mich aber tapfer durch die Übungen. Dann huschte ich schnell unter die Dusche und föhnte mein Fell. Ich nahm mein Glas und füllte es in der Küche neu. Danach nahm ich mir ein paar Salatblätter und futterte still vor mich hin. Wenn mir der Einsatz nicht noch in den Knochen stecken würde, führe ich jetzt noch zur Insel raus, um mich ein bisschen umzusehen, aber ich würde sicher im Auto einschlafen, bevor ich angekommen war. Und was könnte ich schon erreichen? Selbst

wenn ich etwas Illegales beobachten würde,
müsste ich das in Verbindung mit dem Banküberfall bringen und ich bräuchte knallharte
Beweise, sonst würde mich Sofia wieder in
den Innendienst versetzen und darauf hatte
ich wahrlich keine Lust. Ich nahm mir noch
ein Salatblatt und mümmelte es.

Kapitel 6

»Toller Einsatz gestern, Leute«, sagte Sofia. Sie hatte eine kurze Besprechung zum Einsatz von gestern angesetzt. »Ich dachte, ich stelle eine Sammelbox am Empfang für Hoppel auf, wir sind ja oft bei ihm zu Gast und es ist ja einiges zu Bruch gegangen. Wer ein paar Löwenzahnmark übrig hat, ist dazu eingeladen, sie der Box anzuvertrauen«, sagte Sofia und ging in ihr Büro. Ich kramte in meinem Portemonnaie und legte zwanzig Löwenzahnmark hinein. Ich ging gerade am Empfang vorbei, als Anne mir sagte, ich solle gleich zur Tankstelle fahren. Dort war gerade ein Überfall im Gange. Ich hoppelte zum Ausgang, schwang mich in meinen Wagen und fuhr mit kreischenden Reifen los. Wenige Minuten später stand ich an der Tankstelle von Schnuffel und sah, wie drinnen ein Jugendlicher mit einer Waffe auf ihn zielte. Ich zog meine eigene Waffe und schlich mich an. Ich gab Schnuffel ein Zeichen, dass er den Räuber ablenken sollte und tippelte leise hinter den Räuber, dann nahm ich den Kolben meiner Waffe und schlug sie dem Kerl über den Kopf. Er sackte zusammen. Ich nahm die Waffe an mich und legte ihm Handschellen

an. »Vielen Dank Peggy«, sagte Schnuffel.
»Der Strolch wäre beinahe mit meinen ganzen
Tageseinnahmen getürmt«, sagte Schnuffel.
Ich gab Schnuffel das Geld zurück, nahm
seine Aussage auf und verfrachtete das
Bürschchen hinten in meinen Wagen, dann fuhr
ich zurück aufs Revier. »Das war Polizeigewalt, das muss ich mir nicht gefallen
lassen«, sagte er auf dem Rücksitz und trat
gegen das Gitter zwischen Fond und Cockpit.
»Das nutzt dir überhaupt nichts, du kommst
da nicht raus«, sagte ich und steckte mir
einen Lolli in den Mund. »Hey, dumme Kuh,
ich will auch einen«, sagte er. »So ein
Pech«, sagte ich und lutschte geräuschvoll
weiter. Im Revier führte ich ihn in eine
Zelle, setzte mich an den Schreibtisch und
schrieb meinen Bericht. »Der hellste scheint
er nicht gerade zu sein«, sagte Sofia, als
sie meinen Bericht gelesen hatte. »Er heißt
Jimmy und ist schon mehrfach vorbestraft,
wegen Diebstahl, Einbruch und versuchtem
Raub«, sagte ich. »Ein bisschen Jugendknast
bringt ihn vielleicht wieder in die Spur«,
sagte Sofia und legte die Akte auf einen
Stapel. »Da habe ich wenig Hoffnung«, sagte
ich. »Peggy, du bist zu pessimistisch«,

mahnte Sofia. »Er saß schon ein halbes Jahr und eine Woche später wurde er beim Diebstahl einer Handtasche erwischt«, sagte ich. »Diesmal kommt er nicht so glimpflich davon. Immerhin hat er Schnuffel mit einer Waffe bedroht«, sagte Sofia.

»Es kommt darauf an, welchen Richter er bekommt. Wenn es Gaby ist, kommt er mit ein paar Sozialstunden davon, wenn es Norbert ist, fährt er ein«, sagte ich.

»Das liegt nicht mehr in unserer Hand«, sagte Sofia.

»Ich weiß Chefin«, sagte ich und verschwand aus ihrem Büro. Manchmal war es einfach frustrierend, da schnappten wir die Täter auf frischer Tat und weil ein Richter das Gute in dem Verbrecher sah, kam er mit fast nichts davon. Und wir hatten ihn schon bald wieder an der Backe. Wo waren nur die guten alten Zeiten geblieben, als Verbrecher noch verknackt wurden? Es war müßig, sich darüber Gedanken zu machen. Ich kehrte an meinen Schreibtisch zurück. Mein Telefon klingelte. »Kommissarin Peggy«, meldete ich mich.

»Hallo Peggy, hier ist Hoppel. Wollt ihr heute Abend alle auf ein kostenloses Löwenzahnwasser vorbeikommen?«, fragte er. »Das ist doch nicht nötig, Hoppel. Wir haben nur unsere Arbeit gemacht«, sagte ich. »Sofia ist auch eingeladen«, sagte Hoppel. »Ich weiß schon, aber wenn ihr nicht so schnell dagewesen wärt, würde mein Laden jetzt nicht mehr existieren«, sagte er.

»Ok, ich komme und sage den anderen Bescheid«, sagte ich, dann legte ich auf.

Nach der Arbeit saßen alle bis auf die Nachtschicht bei Hoppel und stießen auf ihn an. »Es sieht schon wieder fast wie vor der Schlägerei aus«, sagte ich.

»Ja, ich hatte zum Glück noch ein paar Tische im Lager stehen«, antwortete Hoppel.

»Wie kam es denn zu der Schlägerei, hast du das mitbekommen?«, fragte ich.

»Ich weiß nicht, sie haben sich glaube ich über das letzte Spiel der Stadthasen gegen die Landhasen Unterhalten«, sagte Hoppel und zuckte mit den Schultern.

»Das war aber auch ein Spiel, der Schiedsrichter war sicher gekauft«, schaltete sich Pepe, ein Kollege von mir ein. »So ein Quatsch, die Stadthasen waren einfach unschlagbar«, sagte Ross ein weiterer Kollege.

»Dann hast du aber ein anderes Spiel gesehen als ich«, sagte Pepe und stand auf. »Du warst sicher zu vollgefressen, um es mitzubekommen«, sagte Ross.

»Das können wir gern draußen weiter ausführen«, drohte Pepe. »Jungs, lasst den Mist. Wir sind hier, weil wir Hoppel geholfen haben und nicht, um eine neue Schlägerei anzufangen«, sagte ich.

»Schon gut«, sagte Ross und trank weiter seinen Drink. Pepe winkte ab und trank ebenfalls. »Danke«, flüsterte mir Hoppel zu. »Gern geschehen«, sagte ich und lächelte. Gegen zehn verabschiedete ich mich und fuhr nach Hause. Ich war schon ein wenig angeschickert, machte mir ein paar Salatblätter und ließ mein Löwenzahnwasser heute stehen. Dann machte ich meine Fitness DVD an und trainierte ein wenig. Danach ließ ich mir ein Bad ein und entspannte im schäumenden Wasser.

Ich musste wohl eingeschlafen sein, denn als ich wieder die Augen öffnete, war das Wasser eiskalt. Ich zog den Stöpsel und stieg aus dem Wasser, dann packte ich mich in ein Handtuch ein und trocknete mein Fell. Bevor ich mich in mein Bett legte, startete

ich noch ein Krimihörspiel auf meinem
Laptop. Ich kuschelte mich unter die Decke
und schlief bald ein.

Kapitel 7

Am nächsten Tag frühstückte ich etwas von meinem Salat und nahm noch eine Handvoll Trockenfutter, dann fuhr ich auf´s Revier. Als ich Anne sah, hielt sie mir bereits einen Zettel hin. »Einbruch im Robert Museum«, sagte Anne. »Bin schon auf dem Weg«, sagte ich und nahm den Zettel. Dann machte ich kehrt und ging zurück zu meinem Auto. Ich fuhr in die Stadtmitte und parkte direkt vor dem Museum, im Halteverbot. Die Museumsdirektorin kam mir schon entgegen-geeilt. »Hallo Jasmin, was wurde denn gestohlen?«, fragte ich sie. »Das fragst du noch? Das Bild von Picassy«, sagte Jasmin. »Das mit den Möhren und Kohlköpfen auf dem silbernen Teller?«, fragte ich.

»Genau das, es ist das wertvollste Stück im Museum oder ich sollte wohl sagen, es war das wertvollste Stück«, sagte Jasmin und schniefte.

»Hast du schon die Überwachungsbänder angesehen?«, fragte ich.

»Ja, und es war nichts drauf!«, sagte Jasmin.

»Hattet ihr die Kameras nicht laufen?«, fragte ich verwundert.

»Natürlich, aber irgendjemand muss die Bänder gelöscht haben«, sagte Jasmin.

»Gab es Einbruchspuren am Sicherheitsraum?«, fragte ich. »Nein, mir ist nichts aufgefallen«, sagte Jasmin.

»Das sehe ich mir mal genau an«, sagte ich. Dann folgte ich Jasmin in das Museum und in den Keller zum Überwachungsraum. Ich schaltete meine Taschenlampe an, ging in die Hocke und sah mir den Türgriff und das Schloss an. Es war ein runder Türknauf, mit einem Schloss in der Mitte. »Hier Jasmin, siehst du? Kratzspuren«, sagte ich und zeigte auf den Randbereich des Schlosses.

»Tatsache. Das ist mir gar nicht aufgefallen.« »Wahrscheinlich sind sie rein und haben die Bänder ausgetauscht«, sagte ich.

»Ich glaube, du hast Recht«, sagte Jasmin. »Aber dann erwischen wir die Täter ja niemals«, stöhnte sie.

»Sieh nicht so schwarz, ich rufe gleich die Kollegen von der Spurensicherung an, vielleicht haben die Diebe ja vergessen Handschuhe zu tragen«, sagte ich. Ich zückte mein Handy und rief die Spurensicherung an, dann begleitete ich Jasmin in den Ausstellungsraum. »Die Diebe hatten das Bild einfach von der Wand genommen, ohne den Alarm auszulösen, und sind damit, nachdem sie die Bänder geklaut hatten, wieder raus«, sagte ich.

»Solche Strolche«, sagte Jasmin.

»Vielleicht versuchen sie ja, das Bild an einen Kunsthändler im Ort zu verkaufen, und die melden es uns dann«, sagte ich.

»Na, ich weiß nicht. Vielleicht hatten Sie auch einen Auftraggeber, der das Bild in seiner Wohnung haben wollte«, sagte Jasmin.

»Dann wird es allerdings schwierig, das Bild wiederzubeschaffen«, gab ich zu.

Als die Leute von der Spurensicherung im Museum waren und ich ihnen gesagt hatte, was ich vermutete, verabschiedete ich mich von Jasmin und fuhr zurück ins Revier. Als Erstes legte ich eine neue Ermittlungsakte an und berichtete Sofia was ich bisher erfahren hatte und was ich vermutete. »Viel haben wir ja nicht«, sagte Sofia.

»Vielleicht findet die Spurensicherung etwas Brauchbares«, sagte ich.

»Die werden doch sicher Handschuhe getragen haben«, gab Sofia zu bedenken.

»Ich denke auch, dass es keine Anfänger waren«, gab ich zu. »Das Bild ist wirklich schön, oder?«, fragte Sofia.

»Das finde ich auch. Es wäre eine Schande, wenn wir es nicht wieder beschaffen könnten«, sagte ich.

»Also dann frisch ans Werk«, sagte Sofia und ging in ihr Büro. Ich klemmte mich hinter das Telefon und rief alle Kunsthändler im Umkreis von hundert Kilometern an, dann weitete ich meine Suche auch auf Gebrauchtwarencenter aus. Bisher war das Gemälde Niemandem angeboten worden. Ich durchsuchte das Internet. Ich sah auf Auktionsportalen und bei Hasenbuy nach. Ich fand bei Hasenbuy ein paar Drucke für ein paar Löwenzahnmark, aber das war auch schon alles. ›Wenn ich das Bild zu Geld machen wollte, was würde ich dann tun?‹, überlegte ich. ›Ich hätte wahrscheinlich einen Auftraggeber an der Hand, der mich bezahlen würde. Oder ich wäre vielleicht selbst Kunsthändler‹, dachte ich. Ich notierte mir die Adressen der Kunsthändler, die ich bereits angerufen hatte und machte mich auf den Weg, sie mir persönlich anzusehen.

Nach dem zehnten Laden fuhr ich in meine Wohnung und stieg in die Badewanne. Da hatte ich eine Idee. Ich sprang aus dem Wasser, trocknete mich notdürftig ab und rannte zum nächsten Kiosk. Dort kaufte ich alle Kunstmagazine und schleppte sie in meine Wohnung. Ich studierte die Kleinanzeigen. Und fand folgenden Text: »Möhren und Kohlköpfe zu verkaufen, bei Interesse bitte anrufen. 444-87665« Ich zückte mein Handy und wählte die Nummer. »Ja«, sagte eine tiefe Stimme. »Ich habe gelesen, Sie verkaufen Möhren und Kohlköpfe. Was verlangen Sie dafür?«, fragte ich.

»Was sind Sie bereit zu zahlen?«, fragte der Typ.

»Viertausend Löwenzahnmark«, sagte ich.

»Gut, wir sind im Geschäft. Bringen Sie das Geld zur Kreuzung Roger und Minie in einer Stunde«, sagte er.

»Wie erkenne ich Sie?«, fragte ich.

»Ich bin der Typ mit dem Bild in der Hand«, sagte er. Ich rief im Revier an und orderte fünf Polizeihasen zum Treffpunkt, dann schnitt ich die Zeitungen auf Löwenzahnmark Größe zusammen und steckte die Scheine in einen Briefumschlag.

Ich war pünktlich zur Stelle und der Typ auch, er war ein graues Rexkaninchen. »Kann ich mal sehen?«, fragte ich. »Erst die

Kohle«, sagte der Typ. Ich reichte ihm den Umschlag und schon waren wir von meinen Kolleginnen und Kollegen umringt. Ich nahm ihm das Bild ab und entfernte das Packpapier. Es war tatsächlich das gestohlene Bild. Ich führte ihn ab. Leider wollte er seine Mittäter nicht verraten, aber wir konnten Jasmin das Bild unbeschädigt zurückgeben. »Das war eine großartige Idee von dir Peggy, die Kleinanzeigen zu checken«, sagte Sofia und klopfte mir auf die Schulter, nachdem ich vom Museum zurückgekehrt war. »Danke Chefin. Ich hatte aber auch ein wenig Glück auf die richtige Anzeige zu stoßen«, sagte ich.

»Glück oder nicht, ich gebe dir einen Drink bei Hoppel aus«, sagte Sofia.

»Danke«, sagte ich. Eine halbe Stunde später saßen wir bei Hoppel an der Bar, vor mir ein Krug Löwenzahnwasser und neben mir eine gut gelaunte Sofia. »Chefin, kann ich vielleicht wieder in dem Bankraub ermitteln?«, fragte ich.

»Das hatten wir doch schon. Nein«, sagte Sofia und verzog das Gesicht. »Aber ich glaube wirklich, dass auf der Insel etwas vorgeht, das mit...«, setzte ich an.

»Ich habe doch eben Nein gesagt oder nicht?«

»Ja«, sagte ich kleinlaut.

»Dann genieße noch deinen Drink«, sagte Sofia, gab Hoppel zwanzig Löwenzahnmark und verließ die Bar. Missmutig trank ich aus und ging wieder nach Hause. Lustlos aß ich ein wenig Trockenfutter und zwei Salatblätter, dann ging ich in mein Bett.

Kapitel 8

Am nächsten Tag öffnete ich die Augen und machte mich für die Arbeit fertig. Ich wurde zu einem Ladendiebstahl gerufen. Das Hasenmädchen hatte sich einen Lippenstift geklaut, weil ihre Mutter ihren konfisziert hatte, da sie eine schlechte Note in Mathe gehabt hatte. Sie schwor Stein und Bein, dass es das erste Mal gewesen war und sie den Lippenstift bezahlen würde. Als sie anbot, dafür im Laden das Lager aufzuräumen, ließ der Ladenbesitzer es gut sein und verzichtete auf eine Anzeige. Ein Betrunkener war bei Rot über die Straße gelaufen und bekam eine Verwarnung.

Zur Mittagspause bekamen wir alle einen Salatkopf von Jasmin für die Wiederbeschaffung des Bildes. Wir wurden zu Hoppel gerufen, weil ein Betrunkener einen Stuhl zertrümmert hatte. Wir knöpften ihm das Geld für den Stuhl ab und steckten ihn in die Ausnüchterungszelle. Ein Kleinkrimineller wurde auf frischer Tat ertappt, als er mit einem gestohlenen Fernseher aus einem Laden rannte. Er sagte, er wollte den großen Kampf von Hercules gegen den Schlächter sehen und hätte das Gerät danach sicher zurückgebracht. Auf der Hauptstraße gab es einen Auffahrunfall, bei dem aber niemand verletzt wurde. Und schon war ich wieder auf dem Weg in meine Wohnung. Ich startete das Fitnessvideo, duschte, aß etwas und trank zwei Löwenzahnwasser. Dann ging ich ins Bett.

Am nächsten Tag diskutierte das halbe Revier über den Kampf. »Das war eindeutig eine Fehlentscheidung, Hercules hätte gewinnen müssen. Der Punktrichter muss betrunken gewesen sein.« »Quatsch, der Schlächter hat verdient gewonnen.« »Hast du den gleichen Kampf gesehen wie ich?«

Ich schlängelte mich zu meinem Schreibtisch und nahm mir eine Möhre aus meiner Schublade. Wenn die Diskussion noch hitziger wurde, flogen gleich die Fäuste. Das hatte auch Sofia erkannt und schickte alle an die Arbeit zurück.

Anne tauchte neben meinem Schreibtisch auf. »Peggy, hier habe ich einen tollen Fall für dich. Heute Nacht haben Diebe ein ganzes Möhrenfeld abgeerntet, der Schaden beläuft sich auf 1700 Löwenzahnmark.« »Gibt es Zeugen?«, fragte ich. »Keine. Hier hast du die Wegbeschreibung«, sagte Anne. Ich nahm den Zettel entgegen und verließ das Büro.

Nach einer Stunde stand ich an dem abgeern-
teten Feld. »Ich kann es noch immer nicht
fassen, `n ganzes Jahr Arbeit für nüscht«,
sagte Egbert, ein grauer Widder. »Und du
hast nichts davon mitbekommen, einen Wagen
gehört oder quietschende Reifen?«, fragte
ich. »Nüscht, überhaupt nüscht«, klagte
Egbert. Ich bedankte mich und ging zu meinem
Wagen zurück, dann holte ich eine Kamera
heraus und fotografierte die Reifenspuren
und die Spuren auf dem Feld. ›Sie mussten
eine Erntemaschine benutzt haben‹, dachte
ich. »Egbert, wo ist deine Erntemaschine?«,
fragte ich. Er führte mich zu einem Schuppen, das Schloss des Tors war geknackt
worden. Ich machte Fotos, ging zu meinem
Wagen und holte Spurensicherungspulver
heraus, dann stäubte ich das Schloss ein.
Leider fand ich keinen Pfotenabdruck, aber
über dem Schloss wurde ich doch fündig. Ich
nahm einen Teilabdruck ab und verstaute ihn
in meiner Tasche, die ich mitgebracht hatte.
Die Erntemaschine war tatsächlich benutzt
worden. Ich machte auch hier Fotos. »Und du
hast die Erntemaschine nicht gehört?«,
fragte ich ungläubig. Egbert ging zu dem
Gefährt und startete den Motor, es war bei-

nahe nichts zu hören. »Des is en Elektro-
traktor«, sagte Egbert und zuckte die Ach-
seln. »Ich verstehe.« Egbert schaltete den
Motor aus und ich verabschiedete mich. Im
Büro ging ich in das forensische Labor und
gab ihnen meinen Teilabdruck. Nach wenigen
Minuten erschien ein Treffer auf dem Compu-
ter. »Nelson«, las ich.

»Kein unbeschriebenes Blatt, aber in
letzter Zeit hat er einen Gemüsehandel am
Start und schien ehrlich geworden zu sein«,
sagte Fluffy.

»So ehrlich wohl nicht. Er hat Egbert die
ganze Ernte geklaut«, sagte ich.

Im Büro rief ich die Staatsanwältin an
und beantragte einen Dursuchungsbefehl. Zwei
Stunden später rückte ich mit Zehn Kolleginnen und Kollegen bei Nelson an. Wir
stellten alles auf den Kopf und fanden tatsächlich Möhren im Lager. Wir nahmen welche
mit in unser Labor und ließen die DNS mit
denen von Egbert vergleichen, die noch übrig
geblieben waren. Und sie war identisch. Also
fuhren wir zu Nelson zurück und nahmen ihn
und seine Mitarbeiter fest. Als ich ihn im
Verhörraum mit unseren Beweisen konfron-
tierte brach er zusammen und gab alles zu.

Schwups die Wups saß er in einer Zelle und ich hatte wieder einen Fall aufgeklärt.

»Das war gute Arbeit Peggy«, sagte Sofia.

»Danke Chefin, Nelson hat sich aber auch ziemlich dämlich angestellt«, sagte ich.

»Das spielt keine Rolle. Gut gemacht.«

»Danke«, sagte ich und verabschiedete mich. Dann setzte ich mich wieder an meinen Schreibtisch. Ich dachte an den zweiten Banküberfall und rief die Kollegen an, die damit vertraut waren, aber sie hatten leider keine neuen Erkenntnisse gewonnen. Ich steckte mir einen neuen Lolli in den Mund.

›Wie kann ich Sofia nur dazu überreden, mich in dem Bankraubfall ermitteln zu lassen?‹, überlegte ich. Mein Telefon klingelte. »Peggy eine Schlägerei in der Waschstraße von Polly«, sagte Anne. »Ich bin auf dem Weg«, sagte ich. Dann rannte ich zu meinem Wagen. Als ich ankam, traute ich meinen Augen nicht. Die Pfarrerin schlug sich mit einer Stadträtin. »Ich war zuerst hier«, sagte die Pfarrerin.

»Das glaubst du ja wohl selbst nicht, mein Auto steht viel näher«, sagte die Stadträtin.

»So ein Quatsch, ich bin ja mit meiner

Schnauze schon in der Waschstraße«, sagte die Pfarrerin.

»Das stimmt doch überhaupt nicht. Meine Stoßstange ist viel weiter in der Waschstraße«, sagte die Stadträtin.

»Meine Damen, wie wäre es, wenn Ihr eure Autos zurücksetzen würdet?«, fragte ich. »Na gut«, sagte die Pfarrerin. Beide stiegen ein und fuhren zurück, dabei schrammten sie an dem Auto der jeweils anderen entlang. »Was hast du jetzt gemacht? Mein schöner Wagen!«, schrie die Stadträtin.

»Das warst du doch selbst!«, konterte die Pfarrerin.

»Meine Damen, beruhigt euch. Da sind nur kleine Kratzer«, sagte ich.

»Kleine Kratzer! Die sind so groß wie der Grand Canyon!«, sagte die Pfarrerin.

»Also das ist nun wirklich übertrieben«, sagte ich.

»Nein, sie hat ausnahmsweise Recht«, sagte die Stadträtin. »Gut, wie wäre Folgendes? Jede zahlt den Schaden der anderen und alles ist wieder ok?«, fragte ich. Daraufhin gab es eine riesige Diskussion. Am Ende akzeptierten sie aber. Beide fuhren weg, ohne ihre Autos zu waschen, und ich konnte wieder aufs Revier.

»Bitte, gib mir nie wieder so einen Einsatz«, bat ich Anne. »Das kann ich nicht garantieren.«

»Dann versuch es wenigstens«, bat ich. Anne lächelte mich nur spitzbübisch an. »Ok, was hast du für mich?«, fragte ich und rollte mit den Augen. »Das wird dir gefallen. Es wurde ein Traktor gestohlen«, sagte Anne und reichte mir einen Zettel. Ich machte auf dem Absatz kehrt und fuhr zu Pepe. »Hallo Pepe, dein Traktor wurde gestohlen?«, fragte ich. »Ganz genau. Gestern habe ich ihn hier auf dem Hof geparkt und jetzt ist er weg«, sagte Pepe.

»Kann ich mich mal umsehen?«, fragte ich.

»Fühl dich frei«, sagte er. Ich sah mich auf dem Hof um. Ein blaues Auto stand auf einem Parkplatz. Ein Kinderrad lag auf dem Boden. Ein Apfelbaum spendete ein wenig Schatten und ein paar Meter weiter stand eine Scheune. Ich ging auf sie zu und öffnete das Tor. Da stand der Traktor. Ein riesiges, blaues Ungetüm. »Pepe, ist dein Traktor zufällig blau?«, rief ich. »Ja«, schrie Pepe. Ich machte die Türen auf und deutete auf das Gefährt. »Da brat mir doch einer eine Mohrrübe! Wie kommt der denn da hin? Ich bin mir sicher, ihn auf dem Hof geparkt zu haben«, sagte Pepe. Ich lief zu ihm. »Vielleicht solltest du mal zum Arzt gehen«, schlug ich vor. Das hätte ich besser nicht gesagt. Pepe schoss eine Schimpfkanonade auf mich ab und ich machte, dass ich den Hof verließ.

Wütend stampfte ich zu Anne. »Hör mal, was gibst du mir denn heute für bescheuerte Aufträge?«, fragte ich sie.

»Wie meinst du das?«, fragte Anne.

»Der Traktor stand im Schuppen, Pepe wird langsam vergesslich«, sagte ich.

»Oh, jetzt wo du es sagst, vor ein paar Wochen hat er schon einmal einen Diebstahl gemeldet. Ich glaube... hier habe ich es, sein Auto wurde gestohlen. Es stand dann aber eine Straße weiter. Sorry«, sagte Anne.

»Ach vergiss es«, sagte ich und ging zu meinem Schreibtisch. Ich hatte mich gerade gesetzt, als mein Telefon klingelte. »Ich habe einen neuen Einsatz für dich«, flötete Anne. »Gibt es hier vielleicht noch andere Polizisten oder bin ich die Einzige?«, fragte ich sauer.

»Die Einzige die gerade verfügbar ist«, sagte Anne. Ich blickte mich um. Es stimmte, außer mir war niemand auf dem Revier. »Wenn das aber wieder so ein Reinfall wird, gehe ich für heute nach Hause«, drohte ich.

»Es wurde wertvolles Werkzeug gestohlen«, sagte Anne. »Und es kann nicht sein, dass sich jemand das Werkzeug geliehen hat?«, fragte ich.

»Ich denke nicht, das Schaufenster war eingeschlagen«, sagte Anne. Ich stand auf, holte mir die Adresse und fuhr los. Bei Luckys Gebrauchtwarenhandel war wirklich das Fenster eingeschlagen worden. »Hallo Lucky. Was fehlt denn?«, fragte ich. »Ein Satz Steckschlüssel und eine fünfhundert Löwenzahnmark teure Bohrmaschine«, sagte Lucky.

»Und du bist dir sicher, die Bohrmaschine nicht im Laden liegen zu haben?«, fragte ich.

»Also hör mal, denkst du, ich wäre blöd?«, fragte Lucky sauer. »Entschuldige«, sagte ich und zückte meinen Notizblock. »Welche Farbe hatte die Bohrmaschine denn?«, fragte ich. »Sie war gelb und von der Marke Hasenthon«, sagte Lucky. »Und die Steckschlüssel?«, fragte ich.

»Silber natürlich«, sagte Lucky und schüttelte den Kopf. »Natürlich Silber. Ich werde sehen, was ich machen kann«, sagte ich. Dann ging ich zu meinem Wagen und holte mein Pfotenabdruckpulver. Ich stäubte die Ränder der Scheibe ein und die Auslage. Ich fand vier gute Abdrücke. »So, jetzt brauche ich noch deine Pfotenabdrücke«, sagte ich.

»Wieso? Denkst du, ich habe mich selbst bestohlen?«, fragte Lucky wütend.

»Nein, ich will nur deine Abdrücke ausschließen können«, sagte ich und seufzte.

»Das habe ich gehört«, sagte Lucky und streckte mir seine Vorderpfoten hin. Ich nahm die Abdrücke und verglich, drei Abdrücke waren von Lucky, aber ein Abdruck passte nicht. Ich sicherte ihn mit Tesafilm. »Gut, ich lasse schauen, ob er im System ist«, sagte ich.

»Aber bitte schnell, die Scheibe wird sicher teuer«, sagte Lucky. Ich fuhr zurück zum Revier und gab den Abdruck im Labor ab. Dann ging ich zu meinem Schreibtisch und holte mir eine Rübe aus der Schublade. Ich wollte gerade hineinbeißen. »Peggy, ich habe einen neuen Auftrag für dich«, sagte Anne.

Ich ignorierte sie und verspeiste meine Möhre. Anne klopfte mir auf die Schulter. »Peggy, hast du mich nicht gehört?«, fragte sie.

»Ich ignoriere dich«, sagte ich und aß weiter.

»Guter Witz. Paula wurden vier Reifen von ihrem Wagen geklaut«, sagte Anne.

»Kann nicht jemand anders«, begann ich. Ich sah mich um und wieder war niemand sonst da. »Ach Scheibenkleister«, sagte ich, nahm den Zettel und fuhr zu Hoppels Bar.

Das Auto war aufgebockt auf Ziegelsteinen und stand auf dem Parkplatz. »Hallo Gaby«, sagte ich. Als ich näher an das Auto herantrat, traute ich meinen Augen nicht. Dort lag eine Bohrmaschine, eine gelbe Bohrmaschine und ein Satz Steckschlüssel. Ich sammelte alles in einem Beweisbeutel. »Hast du eine Ahnung, wer das war?«, fragte ich.

»Ja, Tommy und seine Bande«, sagte Gaby.

»Und das weißt du weil...?«, fragte ich.

»Ich habe ihn dabei gesehen, aber du warst ja mal wieder zu langsam«, sagte sie. Ich nahm ihre Aussage auf und ging dann zu Hoppel. »Ein Löwenzahnwasser, aber ein Doppeltes«, sagte ich an der Bar. »Kommt gleich«, sagte Hoppel. Er stellte meinen Drink vor mich und ich stürzte ihn runter. »Noch einen«, sagte ich. Hoppel schenkte mir nach.

»Hast du auch Tommy dabei gesehen, wie er die Räder geklaut hat?«, fragte ich.

»Ja und es schien ihm egal zu sein«, sagte Hoppel.

»Nun, das wird ihm in wenigen Minuten nicht mehr egal sein, dann sperre ich ihn nämlich ein«, sagte ich. Ich bezahlte und machte mich auf den Weg zu Tommy. Als ich bei ihm ankam, lud er gerade vier Reifen von seinem Pick Up. »Tommy, die Reifen sind beschlagnahmt und du bist verhaftet«, sagte ich.

»Hat Gaby also gepetzt«, sagte Tommy.

»Das darf ich nicht sagen, also los, komm mit.« Er wischte sich die Pfoten an einem Tuch ab und folgte mir zum Streifenwagen, dann setzte er sich nach hinten und wir fuhren aufs Revier. »Also, warum hast du die Reifen geklaut?«, fragte ich.

»Na ja, mich hatte so ein Typ nach billigen Reifen gefragt«, sagte Tommy.

»Und dir ist nichts Dümmeres eingefallen, als sie zu klauen?«, fragte ich. »Anscheinend nicht«, sagte Tommy und zuckte mit den Schultern. »Aufschreiben«, sagte ich und gab ihm Stift und Papier.

Nachdem ich das Geständnis hatte, verfrachtete ich Tommy in eine Zelle. Langsam wurde es hier im Revier ziemlich voll. Anne kam auf mich zu. »Egal was es ist, ich will´s nicht hören«, sagte ich.

»Ach komm schon, gerade wurde ein Möhrenlaster überfallen«, sagte Anne.

»Ich gehe jetzt nach Hause«, verkündete ich.

»Aber du hast noch eine halbe Stunde Dienst«, sagte Anne. »Dann baue ich eben Überstunden ab«, sagte ich und verließ das Revier. ›Der Tag war ja mal voll für den Eimer‹, dachte ich, als ich zu meiner Wohnung fuhr. Ich machte mir einen Löwenzahnsalat und trank ein Löwenzahnwasser. Dann setzte ich mich vor den Fernseher und sah Polizeiserien. Gegen zwölf wurden meine Augen schwer, ich machte mich bettfertig und schlüpfte unter die Decke.

Kapitel 9

Als ich wieder im Revier war, wartete Sofia auf mich. »Peggy, warum bist du gestern nicht zu dem überfallenen Möhrenlaster gefahren?«

»Es war spät und ich hatte noch genug Überstunden«, sagte ich trotzig.

»Ich habe so viele Überstunden, dass ich einen Monat frei nehmen könnte, aber bin trotzdem hier«, sagte Sofia.

»Bin ich die einzige Polizistin hier oder was?«, fragte ich.

»Nein, aber alle anderen waren beschäftigt«, sagte Sofia. »Mit Löwenzahnwasser trinken«, murmelte ich.

»Wie war das?«, fragte Sofia.

»Nichts«, sagte ich und biss mir auf die Lippen.

»Das will ich meinen. Also was stehst du noch hier rum? Los zum Rübenlaster!«, sagte Sofia und reichte mir einen Zettel. Anne musste ein Grinsen unterdrücken. Ich ergab mich in mein Schicksal und fuhr zu Henry, dem Besitzer des Lasters. »Na endlich kommt die Polizei. Ich warte schon seit Stunden«, sagte Henry. Ich murmelte eine Entschuldigung und zückte meinen Notizblock. »Es waren zwei, ein Weißer und ein Grauer, sie waren erst zwei oder so. Der Eine hat die Straße blockiert, der andere, hat mich vom Laster geworfen und ist damit abgedampft«, sagte Henry.

»In welche Richtung sind sie denn gefahren?«, fragte ich. »Richtung Wald«, sagte Henry.

»Gut, warte hier. Ich fahre mal da hin«, sagte ich und stieg in mein Auto. Als ich im Wald ankam, konnte ich nichts entdecken. Also fuhr ich tiefer hinein. Als ich auf eine Lichtung stieß, fand ich den Transporter. Der Tank war leer, sie mussten den Motor laufen gelassen haben, nachdem sie die Möhren umgeladen hatten, wahrscheinlich in einen Van. Ich folgte den Spuren, aber verlor sie, als sie wieder auf eine Straße eingebogen waren. Dann lief ich zurück, setzte mich in meinen Wagen und sagte Henry Bescheid, wo er seinen Transporter finden konnte. Ich fuhr wieder durch den Wald und folgte der Straße, auch wenn ich wenig Hoffnung hatte, die Diebe noch zu finden. Ich fuhr zwei Stunden die Straße entlang, bog ab, wenn es eine Abzweigung gab, fand aber nichts. Dann kehrte ich auf´s Revier zurück, tippte meinen Bericht und heftete ihn unter ungelöst ab. Ich ging zu Hoppel, aß einen Kopfsalat und trank ein Löwenzahnwasser. Dann nahm ich mir noch einen Fenchel Lolli. Im Supermarkt kaufte ich mir Pastinakenchips und kehrte aufs Revier zurück. »Oh Chips, gibst du mir welche ab?«, fragte Anne. »Klar, greif zu«, sagte ich und reichte ihr die Papiertüte. Sie nahm eine Pfote voll und legte sie auf ihren Schreibtisch. »Danke«, sagte sie.

»Gern geschehen«, antwortete ich. Ich schlenderte zu meinem Tisch und legte die Tüte ab. Nach und nach kamen ein paar Kollegen vorbei und nahmen sich ein paar Chips. Im Nu war die Tüte leer. Ich steckte mir meinen Lolli in den Mund und räumte meinen Schreibtisch ein wenig auf. Mein Telefon läutete. »Peggy, es wurde schon wieder ein Gemüselaster überfallen, diesmal waren es Pastinaken«, sagte Anne. »Lass Eddy fahren«, sagte ich und sah mich um. Die gefräßige Bande war schon wieder verschwunden. »Das gibt es doch nicht«, sagte ich. »Also machst du´s?«, fragte Anne.

»Da wiedermal niemand außer mir da zu sein scheint, muss ich wohl«, sagte ich und legte auf. Anne gab mir die Adresse. »Hallo Houdini«, sagte ich. »Hallo Peggy, mein Gemüselaster ist geklaut worden«, sagte er. »In welche Richtung sind sie gefahren?«, fragte ich. Er zeigte nach Norden. Ich stieg in mein Auto und fuhr in die angegebene Richtung. Auf einer Lichtung fand ich den Laster und die Diebe. Ich zog meine Pfefferpistole und schlich mich an. »Pfoten hoch, hier ist die Polizei!«, rief ich.

»Oh, mist«, sagte ein schwarzes Kaninchen.

»Ich würde nicht weglaufen, wenn ich an eurer Stelle wäre«, sagte ich.

»Ok, nicht schießen, wir ergeben uns.« Ich legte ihnen Pfotenschellen an und verfrachtete sie in mein Auto. Dann fuhr ich Houdini zu seinem Laster. Die Diebe brachte ich aufs Revier, ließ sie ihre Geständnisse aufschreiben und steckte sie in eine Zelle. »Das waren auch die Diebe, die Henry überfallen haben«, sagte ich.

»Gute Arbeit«, sagte Sofia.

»Aber wenn du gestern gleich los wärst, hättest du sie schon gestern erwischen können«, sagte sie.

»Tut mir leid«, sagte ich zerknirscht.

»Das sollte es auch.«

»Aber vielleicht bin ich nicht die einzige Kommissarin auf dem Revier oder wie sehe ich das? Immer wenn ein neuer Fall rein kommt, sind die Anderen spurlos verschwunden«, sagte ich. »Das bildest du dir nur ein. Du hörst dich ein bisschen so an, als würdest du unter Verfolgungswahn leiden«, sagte Sofia.

»Das bilde ich mir ganz sicher nicht ein«, sagte ich.

»Du solltest mal über Urlaub nachdenken«, schlug Sofia vor. »Ich dachte, wir hätten so viel zu tun«, sagte ich. »Haben wir auch, aber wenn meine Mitarbeiter sich Dinge einbilden, sollten sie dringend ausspannen«, sagte Sofia.

»Ich habe mir das nicht eingebildet«, schrie ich.

»Das reicht, du hast den Rest des Tages frei«, sagte Sofia. Ich packte meine Pastinakenchips ein und verließ das Revier. Ich ging einkaufen. Ein paar neue Kleider würden sicher nicht schaden. Im ersten Laden fand ich nach einer Stunde noch immer kein Kleid, das mir gefiel, also versuchte ich es im nächsten. Hier wurde ich fündig und kaufte drei Kleider, eins in Blau, eins in Rot und eins in Gelb mit weißen Blümchen. Danach ging es mir schon besser. Ich fuhr in meine Wohnung und machte mir einen Chicorée Salat. Dazu trank ich eine Flasche Löwenzahnwasser. Nachdem ich gegessen hatte, wurde mir langweilig und deshalb beschloss ich, zum Katzensee zu fahren. Bevor ich es mir anders überlegen konnte, war ich auch schon unterwegs. Ich lieh mir wieder ein Boot aus und ruderte zur Insel. Ich schlenderte auf die Siedlung zu, denn ich wollte mich als Tourist tarnen. »Oh, hallo. Das ist ja schön hier. Ich war gerade mit dem Boot unterwegs und kam an der Insel vorbei. Ich wusste gar nicht, dass sie bewohnt ist«, sagte ich zu einem grauen Kaninchen. »Oh, ja, wir leben hier schon gut zwei Jahre. Willst du dich umsehen?«, fragte sie.

»Wenn ich darf, gerne«, sagte ich.

»Klar, komm mit«, sagte sie.

»Ich bin übrigens Prudence«, sagte sie.

»Peggy«, sagte ich. Wir reichten uns die Pfoten.

»Wow, das ist ja super hier. Die ganzen Holzhäuser. Habt ihr die alle selbst gebaut?«, fragte ich.

»Ja, Freddy hat sie mit den anderen Män-
nern gebaut«, sagte Prudence. »Oh, und ihr
habt ja riesige Gemüsebeete«, schwärmte ich.
»Ja, wir leben hier zu dreißigst, da brauchen wir schon ordentlich was zu futtern«,
sagte Prudence. Ich machte mir eine geistige
Notiz. Prudence führte mich an einem steinernen Brunnen vorbei und an zwei Traktoren,
einem Mähdrescher und drei Anhängern. Mir
lief das Wasser im Mund zusammen. »Kann ich
euch eine Endivie abkaufen?«, fragte ich.
»Die sehen so lecker aus.«

»Tut mir leid, wir verkaufen unser Essen
nicht«, sagte Prudence. »Schade«, sagte ich
ehrlich.

»Hallo Freddy, das ist Peggy, sie besucht
uns«, sagte Prudence. Ein weißes Kaninchen
musterte mich streng. »Wir haben dich nicht
eingeladen«, sagte Freddy.

»Ja, nein. Ich war mit dem Boot unterwegs
und bin auf dieser Insel gelandet und da
habe ich das hier entdeckt«, sagte ich und
lächelte. »Touristen sind hier nicht will-
kommen«, sagte Freddy.

»Peggy wollte uns eine Endivie abkaufen«,
sagte Prudence. »Wir verkaufen kein Essen,
das weißt du ganz genau«, sagte Freddy

scharf. »Das hat sie mir auch gesagt. Das
ist schon ok. Dann will ich mal nicht weiter
stören«, sagte ich. »Besser ist das«, sagte
Freddy. Ich drückte Prudence die Pfote und
machte mich aus dem Staub. ›Dieser Freddy
hat was zu verbergen. Da bin ich mir
sicher‹, dachte ich. Ich ruderte zurück zum
Ufer und fuhr zurück in meine Wohnung, ohne
Salat.

Kapitel 10

Nachdem ich im Büro eingetroffen war, stürmte ich zu Sofia in das Zimmer. »Sofia, ich brauche einen Dursuchungsbefehl für die Insel auf dem Katzensee«, sagte ich. »Hattest du nicht gestern frei?«, fragte Sofia. »Ja, deshalb habe ich mich da ja auch umgesehen, dieser Freddy, der ist nämlich der Anführer, der hat Dreck am Stecken«, sprudelte es aus mir heraus. »Ich verstehe kein Wort«, sagte Sofia. »Ich war auf der Insel und da ist eine Art Stadt ... oder Kommune und Freddy ist der Anführer und ich glaube, er ist einer der Bankräuber. Ich brauche einen Durchsuchungsbefehl für die Insel, dann finde ich sicher das Geld«, sagte ich. »Ach Peggy, wie oft soll ich es dir noch sagen, du sollst dich aus dem Fall raus halten«, sagte Sofia.

»Aber Chefin, ich habe die Täter, das weiß ich, Freddy ist der Anführer«, sagte ich.

»Du hast deinen freien Nachmittag verschwendet, um auf die Insel zu fahren, obwohl ich es dir verboten hatte und jetzt kommst du mit so einer Geschichte, ohne einen einzigen Beweis«, sagte Sofia.

»Gib mir den Dursuchungsbefehl und ich liefere dir tonnenweise Beweise«, sagte ich.

»Peggy, du bist wirklich eine gute Polizistin«, sagte Sofia. »Dann gib mir den Dursuchungsbefehl«, sagte ich. »Aber, du hast dich da in etwas verrannt«, sagte Sofia. »Aber Freddy ist ein weißes Kaninchen, wie es der Bankdirektor gesagt hat«, sagte ich.
»Weißt du, wie viele weiße Kaninchen es gibt?«, fragte Sofia. »Du besorgst mir also keinen Dursuchungsbefehl?«, fragte ich. »Peggy, jetzt zum Mitschreiben. Nein, ich besorge dir keinen Dursuchungsbefehl«, sagte Sofia und nickte zur Tür. Ich verließ ihr Büro. ›Ich weiß, dass ich richtig liege‹, dachte ich. Anne kam mir entgegen mit einem Zettel in den Pfoten. »Das wird dir gefallen«, sagte sie. »Ein Bankraub?«, fragte ich hoffnungsvoll.
»Nein, aber ein Auffahrunfall«, sagte Anne.
»Warum sollte mir das gefallen?«fragte ich.
»Eine Schlägerei bei Polly. Die Pfarrerin und...«, sagte Anne. »Die Stadträtin«, sagte ich.

»Genau.« Ich nahm den Zettel an mich und machte mich auf den Weg, beeilte mich aber nicht besonders. Als ich ankam, standen die Autos der beiden wieder Seite an Seite, die Stoßstangen hatten sich berührt und waren verkratzt. »Meine Damen, bitte, das hatten wir doch schon. Wie wäre es, wenn Sie Frau Stadträtin, zurückfahren würden, so dass die Frau Pfarrerin ihren Wagen waschen kann und Sie fahren dann gleich danach rein?«, fragte ich. »Warum sollte sie vor mir dran kommen?«, fragte die Stadträtin.

»Weil ich sonst wirklich schlechte Laune bekomme und Sie beide mit auf´s Revier nehme«, sagte ich. Die Drohung verfehlte ihre Wirkung nicht. Die Stadträtin fuhr zurück, die Pfarrerin fuhr mit einem breiten Grinsen im Gesicht in die Waschstraße und ich fuhr zurück aufs Revier. »Anne, die Zwei sind die Pest, wenn die sich nochmal streiten fahre ich nicht raus, hast du das verstanden?«, fragte ich und klopfte Anne an die Stirn. »Hey, sei nicht so grob. Ich mache hier bloß meine Arbeit«, sagte Anne.

»Dann mach sie anders, es kann nicht sein, dass ich immer solche Jobs bekomme«, sagte ich.

»Wenn aber niemand sonst da ist«, sagte Anne.

»Dann teile die Leute besser ein«, sagte ich und ließ sie stehen. Anne schniefte, aber ich blickte nicht zurück. Ich ging zu meinem Schreibtisch und schon stand Sofia neben mir. »Peggy, warum hast du Anne so zugesetzt?«, fragte Sofia. »Sie ist für die Schichteinteilung zuständig und macht offensichtlich ihren Job nicht gut«, sagte ich.

»Das hast du nicht zu beurteilen«, sagte Sofia.

»Mir reicht es, dauernd muss ich hier alles machen und du nimmst alle anderen in Schutz«, sagte ich.

»Du bist einfach überempfindlich«, sagte Sofia.

»Ich bin überempfindlich? Gut dann zeige ich dir, wie empfindlich ich bin, ich nehme zwei Wochen Urlaub«, sagte ich. »Vielleicht ist das eine ganz gute Idee. Ok, ab morgen hast du zwei Wochen Urlaub«, sagte Sofia.

»Fein«, sagte ich. »Fein«, sagte Sofia und ging zu ihrem Büro. Ich nahm mir eine Möhre aus dem Schubfach und knabberte sie in zwanzig Sekunden.

Nach meiner Schicht ging ich zu Hoppel´s

Bar. »Hallo Hoppel, ein doppeltes Löwenzahn-wasser«, sagte ich. »Kommt sofort.« Und schon stand der Drink vor mir. Ich schüttete ihn hinunter. »Noch einen«, sagte ich. Hoppel schenkte nach. Und ich stürzte ihn hinunter. »Erzählst du mir, warum du so sauer bist?«, fragte Hoppel. Und dann erzählte ich ihm von meinem Tag, nannte aber keine Namen. »Immerhin hast du jetzt Urlaub. Fährst du weg?«, fragte Hoppel.

»Hoppel, das ist eine fabelhafte Idee. Ich fahre auf eine Insel im Katzensee«, sagte ich. Ein Plan reifte in meinem Kopf. »Hoppel, sag mal, hättest du Lust auf ein wenig Polizeiarbeit?«, fragte ich.

»Falls es dir entgangen sein sollte, ich bin Barmann und kein Polizist«, antwortete er.

»Du wärst nur meine Absicherung. Ich würde dich jeden Abend um acht anrufen und wenn ich mich nicht bis halb neun gemeldet habe, informierst du Sofia wo ich bin«, sagte ich. »Ich weiß nicht, ist das nicht ziemlich gefährlich für dich?«, fragte Hoppel.

»Ich will mich doch nur mal umsehen«, sagte ich.

»Aber wenn es so gefahrlos wäre, bräuchtest du mich nicht als Absicherung«, sagte Hoppel.

»Das ist nur für den Fall der Fälle, falls etwas schief geht«, sagte ich.

»Na gut, aber bitte melde dich pünktlich, damit ich beruhigt bin«, bat Hoppel.

»Versprochen«, sagte ich und streichelte Hoppel über den schwarzen Kopf. Ich fuhr in meine Wohnung und packte einen Rucksack mit Zahnbürste, Zahnbecher, Zahnpasta, Waschlappen, Handtuch und noch ein paar Kleinigkeiten, dann packte ich noch mein Handyladegerät und mein Handy ein. Am nächsten Tag sollte es losgehen.

Kapitel 11

Ich war aufgeregt, als ich meine Wohnung verließ und zum Katzensee fuhr. Ich lieh mir ein Boot und ruderte zur Insel. Dann schlug ich den Weg zur Farm ein. »Hallo Prudence, da bin ich wieder. Kann ich ein paar Tage bei euch Urlaub machen?«, fragte ich.

»Da muss ich erst Freddy fragen«, sagte sie. Wir gingen zu Freddy und seltsamerweise hatte er keine Einwände. »Hier ist dein Zimmer«, sagte Prudence. Das Zimmer war klein und dunkel. Es beherbergte ein Bett aus Eichenholz, einen Nachttisch, eine Waschschüssel, ein kleines Fenster und einen Kleiderschrank aus Fichte, der grün gestrichen war. Der Boden bestand aus Eichenholz. Es duftete nach Orange. Ich warf meinen Rucksack auf das Bett und eine Staubwolke stieg auf. Ich musste niesen. »Schön hier«, log ich.

»Es ist nicht das Ritz, aber ok«, sagte Prudence.

»Komm mit raus. Willst du mir beim Gießen des Gemüses helfen?«, fragte Prudence.

»Klar«, sagte ich und folgte ihr in den Garten. Aus dem steinernen Brunnen schöpften wir Wasser, mit einem Eimer, der an einem

Seil hing und füllten dann unsere Gieß-
kannen. Dann schleppten wir sie auf das Feld
und begannen die Pflanzen zu wässern. Die
Kannen waren schneller leer, als mir lieb
war und so mussten wir unzählige Mal hin und
her laufen, bis wir endlich alles gegossen
hatten. Die Sonne ging bereits unter, als
wir fertig waren. Ich wusch mich in meinem
Zimmer und dann gab es Abendessen. Es war
eine Pracht, was es alles zu Essen gab. Chi-
coree, Eisbergsalat, Eichblattsalat, Endivie, Feldsalat, Fenchel und Möhren. Dazu gab
es Löwenzahnwasser. Ich griff beherzt zu,
das Gießen hatte mich sehr hungrig gemacht.
»Schmeckt´s?«, fragte Prudence. »Hm«, sagte
ich.

»Du futterst, als hättest du seit Tagen
nichts gegessen«, sagte Prudence. »Entschuldige«, sagte ich und aß langsamer, dann
hörte ich ganz auf und sah beschämt auf
meinen Teller. »Das war keine Kritik«, sagte
Prudence und klopfte mir aufmunternd auf die
Schulter. Aber mir war der Appetit ver-
gangen. Ich aß noch, was ich auf meinem
Teller hatte und legte dann mein Besteck zur
Seite. »Tut mir leid, ich wollte dir nicht
den Appetit verderben«, sagte Prudence.

»Schon ok, ich war ohnehin satt«, sagte
ich. Ich rief mich zur Ordnung, immerhin war
ich hier um einen Bankraub aufzuklären und
nicht um zu Essen.

Um mein schlechtes Gewissen ein wenig zu
beruhigen half ich beim Abwasch. Danach
schlenderte ich noch ein wenig herum. Mein
Zimmer befand sich in einem von zwei Neben-
gebäuden, der Speisesaal und die Küche
befanden sich im Hauptgebäude. Ebenso eine
Bibliothek, ein Kaminzimmer und ein Versamm-
lungsraum. Nach oben zu gehen wagte ich noch
nicht. In meinem Gebäude befanden sich
Zimmer, die eingerichtet waren wie meines.
In manchen hingen Poster an den Wänden oder
großformatige Fotografien in schwarz-weiß.
Die Bilder zeigten die Farm aus der Luft
oder die Felder. Auf manchen war auch Freddy
zu sehen und ich meinte eine Art Heiligen-
schein um seinen Kopf gemalt gesehen zu
haben. Sicherlich von Jugendlichen, die ihn
anhimmelten, weil er so groß und stark war.
Er war schon ein Anführerkaninchen, das
konnte ich nicht abstreiten. Ich war gerade
aus einem der Zimmer gekommen, da tauchten
zwei graue Kaninchen auf dem Flur auf.
»Hallo, hast du dich verlaufen?«, fragten

sie freundlich. »Ich fürchte ja, irgendwie, finde ich mein Zimmer nicht mehr«, sagte ich und blickte sie hilfesuchend an. »Wir bringen dich hin. Du bist Peggy, nicht?«, fragte eine der beiden. »Ja, genau«, sagte ich.

»Ich bin Mary und das ist Susan«, sagte die Eine.

»Nett Euch kennenzulernen«, sagte ich. Sie schienen wirklich nett zu sein und waren gerade dem Welpenalter entwachsen. Sie zeigten mir mein Zimmer und gingen dann zu ihren eigenen, wie ich annahm. Ich öffnete die Tür und schloss sie hinter mir, dann holte ich mein Handy raus und rief Hoppel an. Viel hatte ich ihm nicht zu berichten, aber er klang eindeutig erleichtert, weil ich mich gemeldet hatte. Wir verabschiedeten uns und ich legte auf. Dann setzte ich mich auf das Bett und überlegte, was ich jetzt tun sollte. Es schien mir zu gewagt nach draußen zu gehen und die anderen Gebäude und Schuppen zu Dursuchen, also putzte ich meine Zähne und legte mich schlafen.

Kapitel 12

Am nächsten Tag half ich bei der Ernte
für das Mittagessen und schlenderte in der
Mittagspause auf der Farm herum. Ich sah in
den Schuppen. Er war sehr groß und beherbergte mehrere Traktoren und auch ein paar
Autos. Es waren auch zwei Rosengold
darunter, aber das bewies noch nichts. Ich
verließ die Scheune und lief zu einem Schuppen, aber er war verschlossen. »Hey, was
machst du da?«, fragte Freddy. »Ach, ich hab
mich nur ein bisschen umgesehen«, sagte ich.
»Ziemlich neugierig für eine Touristin«,
sagte Freddy. »Das liegt daran, dass ich so
gerne Krimis lese und ich dachte, ich ent-
decke hier ein Geheimnis oder einen Schatz
oder so«, sagte ich und lächelte. »Da muss
ich dich leider enttäuschen, da sind nur
Geräte für die Feldarbeit drin«, sagte
Freddy. »Oh, wie langweilig«, sagte ich.
»Na, dann lege ich mich noch ein wenig hin,
bevor die Mittagspause vorbei ist«, sagte
ich, winkte Freddy zu und hoppelte davon.
›Das war haarscharf‹, dachte ich auf dem
Rückweg. ›Wenn da nur Gartengeräte drin
sind, fresse ich meine Uniform.‹ Ich
beschloss, so bald wie möglich zurückzu-

kehren.

Ich zog mich in mein Zimmer zurück und überlegte, wie ich einen Blick in den Schuppen werfen könnte. ›Vielleicht nachts, aber Freddy ist sicher misstrauisch geworden. Wie fange ich es also an? Ich mache meine Hacke kaputt und hole mir eine neue aus dem Schuppen‹, dachte ich. Also ging ich frisch ans Werk. Nach der Pause hämmerte ich so lange auf einen Stein ein, bis die Hacke abbrach. »So ein Mist!«, fluchte ich. »Ich habe die Hacke kaputt gemacht.«

»Warte, ich hole dir eine Neue«, sagte Prudence.

»Ich habe sie kaputt gemacht, also sorge ich auch für Ersatz«, sagte ich. Also stapfte ich zum Schuppen. Da fiel mir ein, dass er ja verschlossen war, also suchte ich jemanden mit einem Schlüssel, aber zu meinem Erstaunen und meinem Ärger hatte nur Freddy einen. Er schickte mich fort und öffnete dann den Schuppen. Leider kam ich nicht nah genug heran, um einen Blick in sein Inneres zu werfen. ›So ein Käse!‹, dachte ich. Da musste heute Nacht wohl mein Dietrich ran.

Nach dem Abendessen ging ich auf mein Zimmer und rief kurz Hoppel an. Ich berichtete, was ich vorhatte. Hoppel riet mir dringend davon ab, denn er befürchtete, dass der Schuppen überwacht werden würde. Ich schärfte ihm ein, dass er Sofia benachrichtigen sollte, wenn ich mich morgen Abend nicht wie vereinbart melden würde und er versprach sich daran zu halten.

Kapitel 13

Um drei Uhr kroch ich aus meinem Bett,
schnappte mir meinen Dietrich und machte
mich auf den Weg. Zum Glück war Vollmond,
denn ich hatte keine Taschenlampe einge-
packt, und hätte es wohl auch nicht gewagt,
sie zu benutzen. Ich schlich so leise und
geduckt wie ich konnte zu dem Schuppen.
Immer wieder hielt ich inne und lauschte,
aber ich hörte nichts. Also bewegte ich mich
vorsichtig weiter. Am Schuppen angelangt
begutachtete ich das Schloss, es würde
einige Zeit in Anspruch nehmen, bis ich da
drin war. Ich sah mich noch einmal genau um
und begann dann damit das Schloss zu kna-
cken. Ich hatte es gerade geschafft, als ich
einen Zweig hinter mir brechen hörte. Ich
erstarrte. Was sollte ich jetzt tun? Diesmal
konnte ich mich nicht mehr mit einer kaput-
ten Hacke rausreden. Ich lauschte ange-
strengt, aber niemand schien auf mich zu zu
rennen. Ich öffnete die Tür und schlüpfte
hinein. Hier lagen allerhand Werkzeuge für
die Feldarbeit herum. In einer der Ecken
stand eine Holzkiste, ich öffnete den
Deckel. Es quietschte so laut wie ein

Donnerschlag. Mein Herz setzte einen Schlag aus. Dann sah ich hin. Geld, lauter fein säuberlich gestapelte Geldbündel. Ich hatte also doch Recht gehabt. Freddy war der Anführer der Bande, die die Bank überfallen hatte. Ich wollte gerade mein Handy zücken, um Beweisfotos zu machen, da bekam ich etwas auf den Kopf. Ich verlor das Bewusstsein.

Als ich wieder aufwachte, war alles dunkel und die Luft war stickig. Jemand hatte mir die Augen verbunden. »Ah, da wird jemand wach«, sagte Freddy, ich erkannte seine Stimme sofort wieder. »Was soll das?«, fragte ich.

»Wir mögen keine Schnüffler«, sagte Freddy.

»Ich bin nur Tourist«, sagte ich.

»Wer´s glaubt«, sagte Freddy.

»Was habt ihr mit mir vor?«, fragte ich.

»Wir lassen dich ein paar Tage hier drin und dann sehen wir weiter«, sagte Freddy.

»Das ist Freiheitsberaubung«, protestierte ich.

»Ach was, wir haben eine Diebin erwischt, die uns beklauen wollte«, sagte Freddy. In mir glomm Hoffnung auf. »Dann ruft doch die Polizei«, schlug ich vor.

»Nee, nee, die können wir hier nicht gebrauchen«, sagte Freddy. »Wenn ihr mich laufen lasst, sage ich niemandem, was ich gesehen habe«, sagte ich. ›Na toll, jetzt weiß er, dass ich das Geld gesehen habe, wirklich super Peggy‹, dachte ich. »So, was hast Du denn gesehen?«, fragte Freddy.

»Zeug für die Gartenarbeit«, sagte ich.

»Und was noch?«, fragte er.

»Nichts«, log ich.

»Das nehme ich dir nicht ab. Du hast das Geld gefunden, habe ich Recht?«, fragte Freddy.

»Geld, was für Geld?«, fragte ich.

»Du kannst mich nicht für dumm verkaufen«, sagte Freddy. Dann hörte ich etwas knarren, Schritte und eine Tür, die geschlossen wurde.

›Jetzt kann ich nur hoffen, dass Hoppel nicht vergisst im Revier anzurufen‹, dachte ich.

Die Stunden vergingen und ich saß an einen Stuhl gefesselt in irgendeinem Zimmer und meine Verzweiflung wuchs, außerdem hatte ich Durst.

Ich schreckte hoch, jemand hielt mir einen Becher Löwenzahnwasser an die Lippen, gierig trank ich. »Danke«, sagte ich. »Es tut mir leid, dass du hier gefangen bist«, sagte eine Stimme. »Prudence?«, fragte ich.

»Ja, ist Peggy dein richtiger Name?«, fragte sie. Ich nickte. »Binde mich los«, bat ich.

»Das darf ich nicht«, sagte Prudence.

»Weißt du, was hier vorgeht?«, fragte ich.

»Du wolltest uns beklauen«, sagte Prudence.

»Das stimmt nicht. Ich bin Kaninchenkommissarin und bin auf der Suche nach Bankräubern«, sagte ich.

»Dann bist du gar keine Touristin?«, fragte Prudence. »Nein, bin ich nicht. Tut mir leid«, sagte ich. »Hilf mir hier raus«, bat ich.

»Das kann ich nicht«, sagte Prudence.

»Allein komme ich hier aber nicht weg«, sagte ich.

»Tut mir leid«, sagte Prudence, gab mir noch einmal zu trinken und dann hörte ich die Tür klappen und die Verriegelung. Ich dämmerte weg.

»Peggy, bist du hier?«, fragte Sofia.

»Ja«, sagte ich viel zu leise. Ich schüttelte den Kopf und rief dann: »Ja, ich bin hier.« Die Tür wurde geöffnet und Sofia nahm mir die Augenbinde ab. »So verbringst du also deinen Urlaub«, sagte Sofia. »Tut mir leid Chefin, aber ich hatte Recht«, sagte ich.

Freddy und seine Bande wurde verhaftet. Prudence und die anderen kamen mit einem Schock davon und ich kehrte an meinen Schreibtisch zurück.

Am Freitagabend betrat ich Hoppel`s Bar mit einem Möhrenkuchen in der Hand. »Hallo Hoppel, der ist für dich«, sagte ich und reichte ihm den Kuchen über den Tresen. »Hast du den selbst gebacken?«, fragte Hoppel.

»Ja, ich hoffe, er schmeckt Dir«, sagte ich. Dann nahm ich mein Funkgerät und sagte: »Jetzt.« Das ganze Revier betrat die Bar und schüttelte Hoppel die Pfote, weil er mich gerettet hatte. Sofia und ein paar andere brachten Salate mit und wir feierten bis fünf Uhr morgens.

Ich half Hoppel beim Aufräumen, als wir fertig waren, drückte ich seine Pfote und sagte: »Danke mein Freund.« Hoppel nickte, und wandte das Gesicht ab, als ihm eine Träne das Gesicht hinab lief.

Ende

Danksagung:

Ich danke Frau Silke Anders für das Foto von Peggy und für ihre Freundlichkeit. Laura Zöller und Anja Gsponer meinen Testleserinnen für Korrektorat und das Lesen, Anne Hagenlocher für´s Lesen. Ich danke Hilde Löblein und Volker Weilemann, Dr. Silke Seyffer, Daniel Seyffer, Roberta Seyffer, Silvia Löblein und Sebastian Stryak, Frau Weiss, Franziska Bender, Deriya Kumar, Nicole Seidl, Nike, Carmen Schröder. Ich danke Emily und Merlin, meinen Katzen, dass sie immer für mich da sind und meine Kuschelattacken so tapfer ertragen. Des Weiteren danke ich allen Menschen, die sich in Tierheimen um ihre Bewohner kümmern und Ihnen liebe Leserin, lieber Leser, dass Sie Peggy Kommissarkaninchen gelesen haben.

Tierschutzverein Heilbronn und Umgebung e.V.
Kontakt
Adresse:
Franz-Reichle-Str. 20
74078 Heilbronn

Gewerbegebiet Böllinger Höfe

E-Mail: tierheim@heilbronner-tierschutz.de

Telefon: 07131/22 8 22

Fax: 07131/20 06 90

http://www.heilbronner-tierschutz.de

Tierschutzverein Heilbronn u.U. e.V.
IBAN: DE19 6205 0000 0000 0288 86
BIC: HEISDE66XXX
Kreissparkasse Heilbronn

Gossip die Katzenreporterin

Taschenbuch: 72 Seiten

Verlag: Books on Demand; Auflage: 3
(14. Mai 2018)

Sprache: Deutsch

ISBN-10: 9783746092225

ISBN-13: 978-3746092225

Vom Hersteller empfohlenes Alter: 5 - 8
Jahre

Lord der Buchhändlerhund

Taschenbuch: 80 Seiten

Verlag: BoD - Books on Demand; Auflage: 1 (12. April 2019)

Sprache: Deutsch

ISBN-10: 3746064856

ISBN-13: 978-3746064857

Vom Hersteller empfohlenes Alter: 12 - 15 Jahre

Emily und Merlin die Detektivkatzen

Taschenbuch: 112 Seiten

Verlag: Books on Demand; Auflage: 1 (23. März 2017)

Sprache: Deutsch

ISBN-10: 3741243132

ISBN-13: 978-3741243134

Vom Hersteller empfohlenes Alter: 5 - 8 Jahre